요시모토 바나나의
인생을 만들다

요시모토 바나나의

인생을 만들다

요시모토 바나나·윌리엄 레이넨 지음 / 황소연 옮김

21세기북스

인생을 만들다

가까이, 진실한 사람이 있는가

월리엄이 무척이나 자연스럽게 그곳에 있어서 때때로 나무나 바위와 함께하는 것처럼 느껴진다. 존재한다는 의미가 아니라 알 수 없는 커다란 무언가에 둘러싸여 있는 것 같은 느낌.

월리엄을 만날 때마다 이런 생각이 들곤 한다.

'이분이야말로 진정 참된 인간이다. 진실로 크고 위대한 사람.'

분노와 미소, 야유를 던지거나 야한 농담을 건네고, 고통을 참아내고, 야비한 인간을 구별하고, 한없이 자상하고, 언제나 타인을 지지하고, 자연을 사랑하고, 좋아하는 사람과 맛있는 음식을 먹고……. 월리엄의 우주 안에서는 이 모든 것이 조화를 이룬다. 월리엄을 안 뒤부터 인간은 자연이자 우주의 일부이자 예술이라는 사실을 믿게 되었다.

지금까지 많은 사람들을 만났지만 말과 행동이 일치하는 사람은 아주 드물었다.

누구나 결정적인 순간에는 '이건 숨겨둬야지', '역시 이 부분은 다음에' 하는 식으로 끊임없이 자신이나 타인을 속이며 살아간다.

하지만 윌리엄은 다르다.

진실한 사람이 단 한 명만 있어도 주위 사람들은 눈을 뜬다. 나도, 남편도, 윌리엄의 매니저 겸 통역과 번역을 담당하는 이토 씨도, 이 책을 함께 만든 담당 편집자도 모두 윌리엄의 살아가는 모습을 바라보는 것만으로도 마음 깊은 곳에서 무언가가 요동치는 것을 느낀다. 우리는 모두 표정도 달라졌고 살아가는 모습도 변했다.

'세상에는 이런 사람도 있구나!'

처음에는 단지 그뿐이었다. 하지만 점점 내 안에 빛이 스며들기 시작했다. 그 빛은 아주 작은 것이었지만, 이전까지는 나에게 존재하지 않던 빛이었다.

윌리엄의 나이와 건강을 생각하면 그가 일본까지 먼 여행을 할 수 있을지, 힘들고 고통스러운 여정이 되지는 않을지 걱정이 앞섰다. 하지만 그는 선뜻 먼 여행에 응해주었고, 기꺼이 자신의 소중한 시간을 나누어 주었다.

그런 윌리엄의 모습을 보노라면 나의 고민이나 사소한 집착은 저 멀리 달아난다. '그래, 열심히 살자!'는 생각이 절로 드는 것이다. 윌리엄에게서 뿜어 나오는 긍정적이고도 야성적인 빛을 대할 때면 그저 '참 좋다'는 생각만이 머릿속을 가득 메운다.

이토록 대단한 윌리엄과, 그와 함께 엄청난 일을 해내는 이토 씨가 마주 앉아 조곤조곤 담소를 나누는 모습을 종종 본다. 두 사람은 가끔 사이사이 침묵을 유지하며 진지하게 대화하고 서로가 서로에게 가식 없는 칭찬을 건네기도 하며 때로는 전혀 다른 사람인 양 너털웃음을 지으며 식사를 하기도 한다. 그런 모습을 볼 때마다 나는 '이 얼마나 아름다운 인생인가!' 하는 생각을 한다.

"이토, 고마워요. 아로마 향이 솔솔 나서 그런지 공기가 아주 좋네요."

"이토가 이렇게 해주니까 움직이는 게 훨씬 수월해요."

윌리엄이 이토 씨에게 자연스레 그리고 당연하다는 듯 감사의 인사를 건네는 모습을 볼 때마다 괜스레 눈물이 난다.

진정 고마움으로 가득한 감사의 말들.

그리고 전혀 대가를 바라지 않는 이토 씨의 따스한 행동들.

쉼 없이 일에 매달리다가, "캄캄한 내 방으로 돌아와 나 홀로 남겨졌을 때가 최고죠!"라며 자신만의 독특한 행복감을 자랑하는 이토 씨의 꾸밈없는 배려들.

이토 씨의 소박한 배려는 윌리엄에게 오롯이 전해져 두 사람 사이에는 더하지도 덜하지도 않은 빛의 다리가 놓여 있다. 조금이라도 서로에게 무언가를 강요하면 이내 사라져버릴 것 같은 은근한 빛의 다리.

나는 그 빛의 다리를 볼 때마다 신께 감사한다. 윌리엄과 이토 씨, 그리고 내가 살아 있다는 사실에 진실로 감사하고 충분히 행복하다.

'이 책은 특별한 인생을 걷고 있는 윌리엄 레이넨과 요시모토 바나나의 책이다. 나하고는 전혀 상관없는, 그들만의 특별한 길이다'라고 생각하지 않았으면 좋겠다.

윌리엄과 나는 많은 사람들이 그렇듯이 더없이 약하고, 더없이 예민하며, 더없이 많은 상처를 입었다. 때로는 힘없이 쓰러져 기다시

피 인생을 걸어오기도 했다.

사람은 누구나 똑같다. 결정하느냐, 결정하지 않느냐의 차이만 있을 뿐!

만약 결정을 내리지 못했다면, 내일 정하면 된다.

어쩌면 퍼뜩 정신을 차리고 나니 더 이상 되돌아갈 수 없는 새로운 길에 서 있을지도 모른다.

자신만의 인생을 만들고, 그 인생을 즐기기를 바란다.

아무리 힘들어도 우리는 해낼 수 있다. 본디 인간은 그렇게 만들어졌으니까.

그러다 잠시 숨을 고르며 문득 고개를 들어 주위를 둘러보면 당신과 비슷한 친구들이 당신 곁에 있음을 깨닫게 되리라. 그들은 저마다의 장소에서 같은 고통을 견뎌왔기에 그윽하고 따스한 눈으로 당신을 바라봐줄 것이다. 그것만으로도 이미 당신은 은혜를 입은 사람이다.

각자가 만들어가는 인생이라는 예술을 즐겨보자. 저마다에게 허락된 길지 않은 시간을 파릇파릇 생기 있게 살아가자. 윌리엄이 앞에 있다. 더없이 값진 인생을 만들고 그 인생을 즐기며 살아 온 사람이 바로 우리 앞에 있다. 그러니 우리도 할 수 있다. 얼마든지 해낼 수 있다!

이 책에 담긴 삶의 지혜가 온전히 자신의 인생을 살고픈 사람들의 마음속에 오롯이 가닿기를 간절히 바란다.

요시모토 바나나

차례

인생을
만들어갈 때
이 시대에 필요한 인생의 조건

윌리엄에게

당신도 나도 관습에 크게 얽매이지 않는다는 점과, 현실과 밀접하게 닿아 있는 영성을 소중히 여긴다는 점에서 공통점을 가지고 있다고 생각합니다.

이 책이 초자연적인 것을 좋아하는 사람들의 도피적 감성이 아닌, 그렇다고 오직 성공에만 집착하지도 않는(성공 지상주의자들이 성공의 최정상에 오르고 나면 할 일이 없어져 참 괴롭겠다는 생각이 들 때가 있어요) 지극히 평범한 사람들이 던지는 '행복이란 무엇인가?'라는 질문에 읽을거리가 되어주지 않을까 싶습니다. 고통을 포함해 행복 전체를 조망할 수 있을 테니까요.

바나나

바나나에게

바나나, 당신을 만날 때마다 인생이 변화로 가득 차 있다는 사실을 깨닫습니다. 스스로 긍정적인 에너지에 초점을 맞추면 그 변화가 좋은 결과를 선사한다는 진실도 깨닫습니다.

고통이 따르는 경험을 두려워하는 사람은 성장의 기회를 놓치는 사람입니다. 어떤 경험이든 대처하는 방식에는 두 가지의 선택이 있습니다.

하나는 부정적으로 대처하는 선택입니다. 불만을 토로하고, 울부짖고, 눈물 흘리고, 원망하고, 자신을 나무라며 지나간 일들에 집착합니다.

또 하나의 선택은 긍정적으로 대처하는 방법입니다. 웃음을 잃지 않고, 타인의 도움에 감사하고, 다양하게 즐길 수 있는 방법을 모색하며 과거가 아닌 지금 이 순간을 살아갑니다.

나는 사고 후유증으로 장애를 얻었습니다. 그 뒤 병원에서 슈퍼 박테리아의 일종인 MRSA(Methicillin–Resistant Staphylococcus Aureus, 메타실린 내성 황색포도상구균)에 감염되어 꽤 오랫동안 입원 생활을 한 적이 있습니다. 그때 나는 부정적인 선택을 할 수도 있었습니다. 하지만 의식이 있을 때면 늘 주위 사람들과 함께하면서 예전과는 전혀 다른 방식으로 나 자신에게 가치를 부여하자고 타일렀습니다.

영성 혹은 영적인 것은 논리가 아닙니다. 스스로 영적인 인간이라고 주장하는 사람들 중에는 지식이나 논리에 얽매여 기쁨을 누리지 못하는 사람이 많습니다.

내가 당신을 좋아하고 훌륭히 여기는 수많은 이유 가운데 하나는 자신의 느낌을 절대 숨기지 않는다는 점입니다. 세상을 향해 전하는 표현과 친구들을 향해 전하는 당신의 표현은 늘 일치합니다. 그토록 자기 자신에게 솔직하기에 당신의 작품 역시 솔직하면서도 열린 세계로 독자를 이끄는 게 아닐까요?

사랑과 축복을 담아, 윌리엄

고통이 따르는 경험을 두려워하면
성장의 기회를 놓치고 맙니다.
어떤 경험이든 우리는 부정적으로 또는 긍정적으로
대처하는 방식을 취해야 합니다.
당신은 어느 방식을 선택하겠습니까?

당신을
처음 만났을 때

균형과 성장을 의식하며
하루하루를 살아갈 때
우주가 당신을 도울 것입니다.

우리의 영혼이 구하는 것들

당신이 관찰자의 시각으로 나를 바라보았을 때, 이보다 더 정확할 수 없다고 외칠 만큼 당신은 내게 올곧은 조언을 해주었지요. 그 말들은 더없이 쓰디쓴 충고였지만, 점차 그 언어의 방향으로 내 영혼이 나아가고 있음을 깨닫습니다.

요시모토 바나나

나는 죽음을 두려워하지 않습니다. 죽음 이후에도 육체 없는 인생이 있음을 알기 때문입니다. 사람은 누구나 진정한 자신으로 살아가야 할 책임이 있으며, 자기 자신에게 진실을 말해야 한다고 나는 굳게 믿습니다.

윌리엄 레이넨

윌리엄에게

언젠가 책에서 당신의 어린 시절 이야기를 읽은 적이 있습니다.

괜찮다면 그때의 이야기를 좀 더 자세하게 들려줄 수 있는지요?

이를테면 럼주를 마시며 양고기를 먹는 할머니의 이야기라든지,

할머니의 죽음과 당신을 둘러싸고 있는 영혼의 이야기들을요.

그런데 당신은 죽음을 두려워하지 않나요?

나는 연세가 지긋한 분들을 만날 때마다 서글픈 감정에 사로잡히

곤 합니다. 그 슬픔은 내가 죽음을 두려워해서가 아니라, 그분들

이 죽음을 두려워하고 있기 때문이라는 걸 당신을 만나 비로소

깨달았습니다.

당신은 항상 지금 이 순간의 시간 속에 진실로 존재하므로 언제

나 황금처럼 빛이 납니다. 얼마나 많은 사람들이 미래나 과거에

마음을 빼앗겨 에너지를 낭비하고 있는지, 당신의 삶을 보며 이해

할 수 있었습니다.

당신은 '그래, 나도 모르겠다. 될 대로 되라'는 심정으로 죽음을

두려워하지 않는 게 아닙니다. 그렇다고 체념이 뒤섞인 소극적인 수용도 아닙니다. 당신은 자신의 불편한 다리를 있는 그대로 받아들이며 지금 이 순간을 진실로 살아가는 거라고 생각합니다. '생명이 살아 있으니까, 살아 있는 동안 파닥파닥 살아간다'는 아주 단순하면서도 명징한 마음가짐이라고나 할까요?

내가 처음으로 당신을 만났을 때는 당신이 사고를 당하기 전이었지요.

사고 전의 당신과 지금의 당신은 전혀 다른 사람 같습니다. 하지만 그것을 켜켜이 쌓인 세월의 힘이나, 고통을 감내한 뒤 얻게 되는 인생의 깊이가 내뿜는 힘이라고 단정 짓기는 어려울 것 같습니다.

처음 만났을 때의 당신은 군데군데 새하얀 은빛이 반짝이고 있었습니다.

하지만 지금의 당신은 금빛입니다. 그 빛이 아우라인지는 명확하게 알 수 없지만, 내 눈에는 선명하게 보였습니다. 당신의 은빛과 금빛의 변화에 관해 혹시 떠오르는 이야기가 있다면 말씀해주지 않으시겠어요?

당신이 관찰자의 시각으로 나를 바라보았을 때, 이보다 더 정확할 수는 없다고 외칠 만큼 당신은 내게 올곧은 조언을 해주었지요.

그 말들은 더없이 쓰디쓴 충고였지만, 점차 그 언어의 방향으로 내 영혼이 나아가고 있음을 깨닫습니다.

그리고 나의 일상은 근본적인 수정 작업이 필요했고 그 결정에는 큰 용기가 따라야 했습니다. 하지만 그것은 실로 내 영혼의 기쁨이었습니다.

만약 당신이 있는 그대로의 자신을 충분히 살아내고 있는 사람이 아니었다면, 내게 건넨 당신의 충고가 그렇게 묵직하게 다가오지는 않았겠지요.

영혼의 외침을 외면한 달콤하고 번지르르한 말은 누구나 쉽게 내뱉을 수 있지만 상대방을 번뇌하게 만들지는 못합니다. 그렇기에 당신처럼 있는 그대로의 진실을 고백하려면 엄청난 용기가 필요할 테지요.

며칠 전 당신을 만나러 갔을 때, "오늘은 피자, 피자가 먹고 싶어!" 하며 치킨피자를 맛있게 먹는 모습을 보면서 왠지 기분이 좋았습니다. 나도 당신처럼 매순간 원하는 바로 향할 수 있는 자유로운 마음을 갖고 싶습니다.

"이토, 나중에 먹을 테니까 남은 피자는 냉장고에 넣어두세요."

그러면서 이토 씨에게 스스럼없이 부탁하는 모습도 나에게는 아주 굉장하게 느껴졌어요!

첫 편지에 너무 많은 질문을 쏟아낸 건 아닌지요. 답장은 천천히 주셔도 괜찮습니다.

아울러 제게 궁금한 게 있으면 무엇이든 질문해주시고요.

사랑을 담아, 바나나

처음 만났을 때의 당신은
        군데군데 새하얀 은빛이 반짝이고 있었습니다.
하지만 지금의 당신은 금빛입니다.
        그 빛이 아우라인지는 명확하게 알 수 없지만,
        내 눈에는 선명하게 보였습니다.

바나나에게

나는 미국 매사추세츠 주 중부 시골에 있는 농장에서 어린 시절을 보냈습니다. 어릴 적 가정환경은 그리 좋지 않았습니다. 그래서인지는 모르겠지만 집 근처 숲을 거닐며 혼자만의 시간을 보낸 적이 많았던 것 같아요.

어느 날 매사추세츠에서 농원을 꾸리는 할아버지 댁을 찾아간 적이 있습니다. 버크셔힐스 Berkshire Hills 로 알려진 곳이지요.

할머니가 연로해지면서 부모님이 농원에 집을 지어드렸지요. 몽골 출신인 할머니는 영어를 유창하게 구사하지는 못했지만 나를 이해해준 유일한 가족이었습니다. 영성으로 충만한 삶, 영감을 통해 모든 생명과 교감하는 일 등등 할머니는 내게 많은 것을 가르쳐주었습니다.

할머니는 손수 감자로 술을 담그기도 했습니다. 그 술은 사람들이 마시기도 했지만 제사상에 올리거나 요정과 숲에 사는 생물들을 위해서도 사용했습니다.

그 당시 나는 숲속의 작은 연못가에 앉아 요정이나 스틱 피플(인간을 닮았지만 손발과 몸통이 작은 막대처럼 보이는 존재)과 교감하는 걸 아주 좋아했습니다.

하지만 나는 숲속 친구들과 대화하는 일이 가족을 포함해 대부분의 사람들에게 미치광이로 비춰질 수 있다는 사실을 곧 깨달았습니다. 할머니와 내가 당연하게 여기는 일이 다른 사람들에게는 이해할 수 없는 세계일 수도 있었던 것이지요. 내가 그걸 이해할 수 있었던 건 순전히 할머니의 도움이 있었기 때문입니다.

영혼을 보거나 우주선, 요정과 대화하는 이모할머니가 한 분 있었는데, 가족들은 그 이모할머니를 세상에 드러나지 않도록 꼭꼭 숨겨두었습니다.

열 살이 채 되지 않았던 어느 날, 나는 가족들에게 알리지 않고 혼자서 몰래 이모할머니 댁을 찾아간 적이 있습니다. 하지만 그 사건은 곧 가족들에게 알려졌고 나는 굉장히 혼이 났지요. 이모할머니가 돌아가셨을 때도 가족들은 내게 할머니의 죽음을 알리지 않았습니다. 훗날 역시 가족들 몰래 이모할머니가 지냈던 트레일러를 찾아갔을 때 나는 비로소 그분이 저세상으로 떠났다는 사실을 알았습니다.

고등학생이 되면서 나는 진정 내가 바라던 모습으로 살아가려고 애썼습니다. 하지만 잘 되지 않았어요.

당시 가장 즐거웠던 추억은 〈우주전쟁〉의 '미친 대령' 역을 연기했던 일이었습니다. 그 캐릭터의 연기가 즐거웠던 이유는 과거에 이 역을 맡았던 남성의 영혼을 접할 수 있었기 때문입니다. 나는 그때 처음으로 영적 인생과 지상에서의 인생을 융합할 수 있었습니다.

나는 죽음을 두려워하지 않습니다. 죽음 이후에도 육체 없는 인생이 있음을 알기 때문입니다. 사후 세계를 믿는 사람이 꽤 많음에도 그 세상의 실체를 눈으로 확인할 수 없기 때문에 내가 살고 있는 현실 세계에서는 이해하지 못한다고 생각합니다.

지금 나의 몸 상태는 단지 하나의 경험일 뿐입니다. 그러니 포기하기보다는 '이런 새로운 환경에서 나는 무엇을 할 수 있을까?'라는 질문의 답을 찾아내는 편이 훨씬 재미있을 겁니다.

"경험이 나쁘거나 불편하거나 부정적인 경우는 스스로 경험의 긍정적인 부분을 보려고 하지 않았을 때뿐이란다."

할머니께서 내게 늘 해주시던 이야기입니다.

바나나도 알다시피 예전의 나는 지금과 같은 장애를 갖고 있지 않았지요. 꽤 오래전에 교통사고로 왼쪽 다리가 부러졌는데, 그 이후 골반과 관절 부위에 심한 통증이 생겼습니다. 그래서 2002년 주치의의 제안에 따라 엉덩이뼈를 교체하는 수술을 받았지요. 그 과정에서 슈퍼 박테리아에 감염되고 말았습니다. 입원과 퇴원을 되풀이하면서 내 안에 새로운 마음이 싹트기 시작했습니다. 그건 바로 내 스스로 타인에게 가르쳐왔던 일, 즉 믿음을 새삼 나 자신에게 증명해 보이고자 하는 마음이었습니다.

바나나가 감지한 내 주위에 감도는 빛의 색은 내가 육체의 고통에 지배당하지 않고 매사 긍정적일 때 발하는 색깔입니다.

아우라를 볼 수 있는 사람도 있고, 아우라 속에 어떤 빛깔이 있는지 머릿속으로 감지할 수 있는 사람도 있습니다. 당신은 보고 느끼고 들을 수 있는 사람입니다. 음식을 맛보듯이 아우라의 색을 미각으로 느낄 수 있는 사람입니다.

누구나 쉽게 느끼고 맛볼 수 있는 것은 아닙니다. 당신이 그런 것들을 느낄 수 있는 것은 주위 모든 사람, 주위 모든 일에 예민하며 동시에 객관적이기에 가능한 일입니다. 초자연적인 힘을 발휘하려면 객관적이어야만 하는데, 가족이나 가까운 사람들을 객관적으로 바라보는 일은 결코 쉽지 않지요.

여기서 객관적이라는 것은 '감정이입을 배제한 배려'를 갖추고 있다는 의미입니다(34쪽 '객관적인 배려' 참고). 물론 이 배려를 실천하기란 쉬운 일이 아닙니다. 하지만 자신이 아프지 않기 위해서라도 감정이입을 배제한 배려는 아주 중요합니다.

당신은 영적 모드가 어떤 것인지 잘 알고 있으리라 생각합니다. 대부분의 사람들은 이런 영적 모드를 이해하지 못합니다.

나는 개인 상담이나 워크숍 등에서 사람들에게 정보를 전달할 때 영적 모드로 전환해 이야기를 합니다. 이때 갑작스레 잡음이 나거나 집중을 방해하는 일이 생겨 영적 모드에서 일단 빠져나오면 다시 되돌아갈 수 없습니다.

영적 모드의 상황에서 자신이 내뱉은 말을 스스로 기억한다고 생각할 수도 있지만, 사실 나는 기억하지 못합니다. 기억하고 싶지도 않고요. 내가 당신에게 한 이야기 혹은 다른 사람들에게 한 이야기는 내 개인과는 전혀 상관없는 일입니다. 개인의 사생활은 존중할 만한 가치가 있으니까요.

지난 편지에서 바나나는 자신의 영혼이 향하는 방향에 대해 이야기했습니다. 이는 굉장히 중요한 문제입니다. 현재 자신의 인격이 구하는 것과, 영혼이나 고차원적인 자아 Higher Self가 구하는 것 사이에는 큰 차이가 있게 마련입니다(37쪽 '영혼이 구하는 것과 내가 지금 원하는 것들' 참고).

이렇게 당신과 온갖 이야기를 나누는 것은 참으로 기분 좋고 즐거운 일입니다. 당신은 상대방이 말하는 바를 '좋다, 나쁘다'로 재단하지 않으니까요.

분명 내 이야기에 동감할 수 없는 부분도 있을 텐데, 당신은 나에게 틀렸다고 말하지 않습니다. 당신은 누구나 자신의 의견을 가질 권리가 있음을 진심으로 인정해주는 사람입니다.

사람은 누구나 진정한 자신으로 살아가야 할 책임이 있으며, 자기 자신에게 진실을 말해야 한다고 나는 굳게 믿습니다.

개인 상담을 할 때면 내가 느낀 것들과 생각한 것들, 그리고 저마다의 진실을 솔직하게 전합니다. 가끔 나의 이야기가 기대에 어긋난다 싶으면 화를 내는 사람도 있습니다. 하지만 그것은 순전히 그 사람의 문제라고 생각합니다.

상대가 어떻게 받아들일지, 어떻게 반응할지는 나의 문제가 아닙니다. 내가 만족시켜야 하는 사람은 딱 한 명, 바로 나 자신뿐입니다.

자신의 생각대로 상대방이나 상대방의 생각을 바꾸려 하지 말고,

서로의 차이를 인정하고 서로 존중해야 하지 않을까요.

우리 집에 강아지 세 마리가 왔다는 이야기를 요전에 한 적이 있지요?

하와이에서는 애완견을 제대로 돌보지 않고 버리는 사람이 아주 많습니다. 내가 데리고 온 세 마리 중에 두 마리는 영양실조뿐 아니라 몸 곳곳에 학대당한 흔적까지 있었습니다.

당신이 진심으로 동물을 사랑하고 돌본다는 사실을 잘 알고 있습니다. 동물을 돌보는 일과 관련해 어떻게 하면 세상 사람들을 재교육할 수 있을까, 늘 고민합니다. 뭐 좋은 아이디어가 없을까요?

'바나나는 왜 작가가 되려고 마음먹었을까?'라는 궁금증이 문득 머릿속을 스칠 때가 있습니다. 다양한 캐릭터를 흥미롭게 연출하는 당신의 작품을 보면서 어떻게 그런 일이 가능한지 무척이나 궁금합니다. 글쓰기는 바나나 자신에게 어떤 영향을 끼치는지요?

당신과 당신의 가족에게 사랑과 축복을 담아, 윌리엄

사람은 정신적으로 성장하기 위해 이 세상에 태어났습니다. 태어나기 전에 이미 스스로 그렇게 결정하고 그 미션을 수행하기 위해 살아가는 동안 수많은 사건과 사고를 경험하게 되는 것입니다.

바꿔 말하자면, 우리에게 일어나는 모든 일은 필요하기 때문에 일어납니다. 절대 우연이 아닙니다.

경험을 통해 자신의 카르마Karma, 즉 '업業'에 균형을 맞추고 성장하는 일, 이것이 바로 진정한 삶의 목적입니다.

"사랑하는 사람이 회사 일이 잘 안 풀려 힘들어해요. 어쩌지요?"

"친구가 많이 아파요. 내가 무엇을 해줘야 할까요?"

사람들은 이렇게 마음을 조이거나 밤잠을 설치며 감정이입을 합니다.

타인의 문제에 함께 아파하는 일을 친절 혹은 배려라고 생각하는 사람들이 있습니다. 하지만 '진정한 배려'와 '감정이입'은 전혀 다른 문제입니다.

병든 환자에게, 또는 인생의 장애물을 만난 사람에게 격려의 말을 건네고 도움을 주는 일은 중요합니다. 하지만 사람은 누구나

‘궁극적으로 자기 자신의 인생에서 부닥뜨린 경험은 스스로 대처해나가야 한다’는 진실을 잊어서는 안 됩니다.

우리가 책임을 다할 수 있는 것은 자신의 인생에 국한된 이야기입니다.

객관성을 잃고 타인이나 사건에 감정이입해서 같은 에너지를 경험하면, 정작 자신의 인생에 초점을 맞추지 못하고 결과적으로 자기 자신이 태어난 목적인 ‘균형과 성장’을 실천하기 어렵게 되고 맙니다.

“도박은 정말 나쁜 짓이야. 당장 끊어!”

“열심히 일해! 성실하게 살아야지!”

이렇게 타인의 인생을 비판하며 상대를 바꾸려고, 일깨우려고, 인간다운 인간으로 만들려고 애쓰는 것은 그 사람이 갖고 있는 고유의 권리를 침해하는 일입니다.

카르마의 균형을 잡고 성장하는 데 있어 부정적인 경험이나 사건이 필요한 영혼도 있습니다. 무엇을 통해 성장하고 균형을 이룰 것인지, 또한 성장과 균형을 위해 필요한 시간과 공간과 방식도 저마다 다릅니다.

물론 악행을 저지르는 사람에게 무조건 호의적이어야 하는 것은 아니지만 그 사람이 그대로 자신의 삶을 영위해나갈 권리를 사랑하는 일, 이것이 바로 '무조건적인 사랑'의 실천이자 객관적인 자세입니다.

타인을 변화시키는 일에 힘을 쏟기보다 진정으로 자신을 살아가는 일, 자신의 인생에 직면한 모든 일을 적극적으로 대처할 수 있도록 힘을 모으세요.

균형과 성장을 의식하며 하루하루를 살아갈 때 우주가 당신을 도울 것입니다.

우리 머릿속의 70퍼센트는 부모나 사회가 심어준 가치관이나 정보로 채워져 있습니다.

예를 들면, 사람들은 막연하게 '결혼을 해서 자식을 낳고 남자는 밖에 나가 돈을 벌고 여자는 집안일을 도맡아야 한다'는 선입견을 가지고 있습니다.

그런 선입견이 과연 자신의 삶에 도움이 되는지 깊이 고민해본 적이 있나요?

지금 100명의 사람이 있다면 저마다 다른 전생이 있고, 다른 카르마가 있습니다. 그리고 모든 사람들은 카르마의 균형을 이루기 위해 이 세상에 태어났습니다.

만약 타인으로부터 억압당한 전생을 되풀이해왔다면, 역시 이 세상에 태어나서도 전생과 같은 환경에 자신을 놓아두고 그런 억압을 타파하려고 힘쓰는 환경에 주파수를 맞추게 됩니다.

당신의 영혼은, 당신이 태어나기 전 균형에 필요한 카르마를 기반으로 이번 생을 설계합니다. 여기서 영혼, 고차원적인 자아란 지금까지 살아온 모든 생과 다음 생을 두루 아우르는 단어입니다.

따라서 사람들은 저마다 다른 인생을 살아갑니다. 이번 생은 미혼으로 자식 없이 살아가는 인생을 선택한 사람도 있고, 동성애를 선택한 사람도 있습니다.

하지만 오늘날 대부분의 사람들은 남들처럼 살아야 하고 남들과 비슷한 경험을 해야 한다고 믿습니다. 남들과 비슷하지 않으면 불안해하고 걱정하고 괴로워합니다.

자신이 걸어가야 할 인생은 자기 자신과의 진솔한 소통, 교감을 통해 알 수 있습니다. 이것이 우리 머릿속의 나머지 30퍼센트를 차지하는 부분입니다. 이 30퍼센트가 참된 자기 자신입니다.

참된 자신을 알기 위해서는 스스로의 느낌을 감지하고 존중해야 합니다.

예를 들어 부모님이 "제발 시집 좀 빨리 가거라!" 하며 아무리 재촉해도 스스로 느낌이 오지 않는다면, 그런 느낌을 존중해 결혼을 선택하지 않을 수 있습니다. 이때의 느낌은 '결혼은 이번 생에서 필요로 하는 경험이 아닙니다!'라고 속삭이는 영혼의 메시지입니다.

영혼은 '이렇게 하세요, 저렇게 하세요!'라고 말이나 글로 전달하지 않습니다. 오감을 통해 다양한 메시지를 전달합니다.

만약 억압을 타파하는 일이 이번 인생의 목적이라면, 억눌린 상황에 처했을 때 부정적인 느낌을 맛보게 합니다. 이런 상황은 맞지 않다고 오감으로 전달해주는 것이지요.

자신의 직관을 믿고 행동하면 균형을 이룰 수 있습니다. 하지만 대부분의 사람들은 부모나 사회가 심어준 가치관이나 정보를 우선시하고 정작 자신의 직관은 무시합니다. 결과적으로 자기 자신을 존중하지 않는 선택을 하게 되는 것이지요.

일상에서 스치는 느낌을 소중히 여기면 영혼이 계획한 인생을 걸어갈 수 있고, 자신의 참인생을 살아가는 기쁨과 행복을 만끽할 수 있습니다.

항상 모든 일에 오감을 총동원하세요.

그러면 스스로의 감각에 예민해져 어떤 감각에서 좋은 느낌을 맛보고 어떤 감각에서 싫은 느낌을 맛볼 수 있는지 간파하게 됩니다.

그리고 매사 자기 자신을 속이지 않는 솔직한 느낌을 선택하고 스스로를 존중하면 자신의 진짜 능력과 재능을 꿰뚫을 수 있습니다. 그러면 진정한 삶, 참된 인생을 살 수 있습니다.

그럼에도 많은 사람들이 사회적인 잣대를 더 중시하고, 자신의 영혼은 지나칠 정도로 하찮게 여기는 것 같아 안타깝기만 합니다.

타인을 변화시키는 일에 힘을 쏟기보다
진정으로 자신을 살아가는 일,
자신의 인생에 직면한 모든 일을
적극적으로 대처할 수 있도록 힘을 모으세요.

그 일이 가치 있다고
믿기에

잠시 멈춤 버튼을 누르고
우주 에너지의 흐름에 자신을 맡기는 경험은
당신을 구원할 것입니다.

우주의 흐름에 맡기고
우주의 에너지와 함께하는 삶

어떤 행동을 드러내는 일은 하늘이나 자신의 영혼을 향해 무언가를 표현하는 것입니다. 동물을 함부로 대하는 사람은 진정한 의미에서의 행복을 마음 깊이 느끼지 못하는 사람입니다. 아마 평생토록. 인간에게 몹쓸 짓을 한 사람도 마찬가지라고 생각합니다.

요시모토 바나나

오늘날 전 세계의 많은 사람들은 자신이 하고 싶은 대로 행동하며 많은 시간을 허비합니다. 하지만 우주의 흐름에 맡기고 우주의 에너지와 함께 걸어가는 삶을 배우면 세상은 훨씬 더 평화로운 안식처가 됩니다.

윌리엄 레이넨

윌리엄에게

명쾌한 답변, 그리고 귀한 편지 보내주셔서 정말 고맙습니다.

결코 즐거운 추억만 가득했다고 말하기 힘든 어린 시절, 다리가 불편한데도 항상 모든 일에 긍정적으로 임하는 당신의 모습이 많은 사람들에게 얼마나 힘이 되는지 모릅니다.

그리고 감정이입을 하지 않고 진실로 타인을 배려하는 일, 이것이 앞으로 나의 중요한 과제이자 인생의 의미라고 생각합니다. 진심 어린 충고, 정말 감사합니다.

솔직히 나는 나 자신을 초능력 혹은 초자연적인 존재라고는 전혀 생각하지 않습니다. 지금 이 순간도 평범한 직감력과 관찰력이 있을 뿐이라고 생각하지요.

어렴풋이 사람들에게는 누구나 자신에게만 보이는 색이 있고, 저마다 마음속에 품고 있는 생각들이 색으로 보일 수도 있으며, 나아가 누구나 자신의 생각이 어떤 색이었을 때 어떤 경향으로 치우치는지와 같은 느낌을 가지고 있다고 짐작했습니다.

예를 들어 망자를 자주 보는 사람을 대하면 나의 눈에 짙은 갈색이나 빨간색이 비칩니다. 그 사람이 새하얀 옷을 입고 있는 것처럼, 또 꽃밭에서 뒹굴고 있는 것처럼 보이기도 합니다.

망자를 자주 접한 사람과 한없이 가까운 빛깔을 띠는 사람들은 술에 취한 사람이나 술집과 관련 있는 사람들입니다.

편견이 아니라 그저 내 눈에 그런 빛깔들이 보입니다.

무언가 나쁜 꼼수를 가지고 있는 사람과 얼굴을 맞대고 있으면 그 순간에는 인상이 서글서글해 보여도 나중에 꿈에서 다시 그 사람을 만나면 화를 내거나, 비웃거나, 표정이 사뭇 달라져 있습니다. 슬프게도 이런 예감은 한 번도 빗나간 적이 없습니다.

하지만 나와는 정반대로 이런 느낌에 무척이나 둔한 사람도 있다는 사실을 조금씩 알아가고 있습니다. 솔직히 너무 예민하게 느끼는 탓에 힘들 때가 많기는 하답니다.

당신과 마찬가지로 나도 고등학교 시절까지는 힘든 일이 참 많았습니다.

물론 당신만큼 다양한 것들이 (직업으로 삼을 수 있는 경지까지) 보이지는 않았기 때문에 별다른 일 없이, 어쩌면 그럭저럭 잘 살아왔는지도 모릅니다만!

결과적으로 '매사에 솔직하면 실수하지 않고 피해를 최소화할 수 있으며 불편하거나 성가신 일도 줄일 수 있다!'는 가치관이 자리 잡은 것은 어른이 되고 나서입니다. 내 생각을 관철시키려는 과정에서 많은 사람들이 나의 솔직함에 상처 입고 떠나갔습니다. 그럼에도 불구하고 내 멋대로 살아가는 안하무인의 삶이 아니라 특히 자신에게 거짓말을 하지 않는, 나 자신에게 정직한 삶은 험난하지만 아름다운 산길과 같다고 믿습니다.

내가 당신과 이토 씨를 좋아하는 이유는 두 사람이 굉장히 솔직하기 때문입니다.

불황의 늪에 빠지면서 살림살이가 팍팍해지고 흡연율이 높아지고 학대가 늘어나고 있다고 느낍니다.

경제적으로 풍족해야 동물도 학대하지 않고 건강하게 잘 보살필 수 있다는 주장이 과연 옳은 말인지 아닌지는 솔직히 잘 모르겠습니다.

나 역시 바쁘거나 힘들 때 동물을 함부로 대하지는 않았는지 스스로 반성해봅니다.

평소에 동물을 가까이하는데도 그런 생각이 들 때가 있습니다.

그만큼 다른 종족과 한집에서 사는 일은 어려운 도전이라고 생각합니다.

다른 종족과 관계를 맺으려면 딱 한 가지, 사랑이 있으면 됩니다.

순수한 사랑과 함께 지내는 일, 그리고 보살핌을 통해 정을 주고받는 교감!

이를테면 우리 집 아이가 열이 나려고 하거나 왠지 어리광을 부리고 싶어 할 때는 아무리 바빠도 아이의 미묘한 변화를 바로 알 수 있지요.

하지만 강아지나 고양이, 하물며 거북이 등은 세심하게 관찰하지 않으면 변화를 알아차리기 어렵습니다.

눈빛, 놀이, 생활방식…… 매일매일 지켜보지 않으면 놓치고 마는 것들입니다.

어쩌면 현대인들은 너무 바빠서 무언가를 한참 동안 골똘히 바라보는 경험이 턱없이 부족한 건 아닐까요?

집에 돌아왔을 때 기쁜 표정으로 반기는 강아지의 얼굴, 자고 있으면 슬쩍 옆으로 와 드러눕는 고양이의 모습을 가만히 지켜보노라면 도저히 동물들을 함부로 대할 수 없을 것 같은데 말이에요.

동물은 아무렇지 않게 홀대하면서 가족은 소중히 여기는 인간이 있다는 사실도 상상하기 힘든 일이지요.

어떤 의미에서는 매한가지라고 할 수 있지 않을까요?

'찰싹!' 하고 작은 벌레를 때려잡아도 그 불편한 느낌을 기억하는 것이 인간의 본능입니다.

자신이 무슨 짓을 하고 있는지, 그 행동의 결과가 어떠할지 전혀 느낌이 없다는 것은 말도 안 되는 일이지요.

자신이 한 일은 아무리 사소해도 기억에서 사라지지 않습니다. 자신이 저지른 행동을 일부분이라도 정화할 수 있는 사람은 오직 본인뿐입니다. 더군다나 엄청난 시간을 투자해도 아주 조금밖에 정화하지 못하는 게 바로 행동입니다. 행동이란 그만큼 크고 무거운 것입니다.

어떤 행동을 드러내는 일은 하늘이나 자신의 영혼을 향해 무언가를 표현하는 것입니다. 동물을 함부로 대하는 사람은 진정한 의미에서의 행복을 마음 깊이 느끼지 못하는 사람입니다. 아마 평생토록.

인간에게 몹쓸 짓을 한 사람도 마찬가지라고 생각합니다. 물론 몹쓸 짓이라는 게 저마다의 기준에 따라 다를 수 있으니 이는 좀 더 생각해봐야 할 문제겠지만요.

그렇기에 그들을 지지하는 사람들도 어쩌면 필요할지 모른다고 생각합니다.

만약 동물과의 끈끈한 유대감을 상실한 사람이 있다면 강아지를 반려동물로 맞이해 그 강아지를 진득하게 바라보는 시간을 가지라고 권하고 싶습니다.

강아지는 무척이나 사람을 좋아하고 잘 따릅니다. 물론 고양이나 새도 인간을 좋아하지만 동물과 함께 생활하는 게 처음인 사람에게는 교감이 조금 어려울 수도 있습니다. 하지만 강아지는 우리에게 되레 사랑을 가르쳐줍니다.

강아지에게 밥을 주고 함께 산책하고 같은 집에서 지내는 일도 중요하지만, 단순히 아무 생각 없이 동물을 바라보는 시간을 갖는 것도 효과가 있지 않을까 합니다.

내가 작가가 된 것은 마음속에 있는 것을 몸이나 목소리로 표현하는 게 서툴렀기 때문입니다.

지금도 평범한 일상 가운데 여전히 몸이나 목소리로 나를 제대로 표현하지 못할 때가 많습니다.

그리고 '이 세상의 아름다움을 어떻게 하면 예찬할 수 있을까?' 라는 질문을 끊임없이 생각했기 때문입니다. 댄서라면 몸으로, 가수라면 노래로 그것을 표현했겠지요. 하지만 나는 글을 좋아했습

니다.

그런 이유로 작가가 되지 않았을까 생각해봅니다.

윌리엄과 강아지들이 어떻게 지내고 있는지 무척 궁금합니다.

지금은 마음을 열었나요?

새로 온 강아지들은 이제 친해졌나요?

전에 있던 강아지들이 질투를 하지는 않나요?

인간을 믿지 않는 강아지가 과연 있을까요?

그럼 몸조리 잘하세요.

일본에서 항상 당신의 건강을 기도하는 바나나

바나나에게

많은 사람들이 감정이입이라는 단어의 뜻을 정확히 알지 못합니다. 나는 민감하면서도 예리하게, 직감적이고 초자연적이기 위해서는 감정이입을 하지 않는 것, 즉 타인이 느끼는 감정이나 고통을 똑같이 느껴서는 안 된다고 철저하게 가르치고 있습니다.

영적인 능력을 개발할 때 필요한 마음가짐은 감정이입이 아닌 배려입니다. 감정이입과 배려는 전혀 별개의 문제이니까요.

당신은 오랫동안 다른 사람보다 훨씬 더 많은 깨달음을 얻었다고 생각합니다. 이는 당신이 남보다 훌륭하다는 말이 아닙니다. 당신은 감정이입과 배려, 이 둘의 차이점을 잘 알고 있다는 뜻입니다.

오늘날 전 세계의 많은 사람들은 자신이 하고 싶은 대로 행동하며 많은 시간을 허비합니다. 하지만 우주의 흐름에 맡기고 우주의 에너지와 함께 걸어가는 삶을 배우면 세상은 훨씬 평화로운 안식처가 됩니다.

아시시 Assisi 의 성 프란체스코 St. Francesco(1182~1226) 의 기도문을 읽는

순간, 나는 우주의 흐름에 맡기는 삶이 어떤 것인지 영감을 얻을 수 있었습니다.

"바꿀 수 있는 것을 바꾸어가는 용기와, 바꿀 수 없는 것을 받아들이는 겸허한 마음과, 바꿀 수 있는 것과 바꿀 수 없는 것을 구별할 줄 아는 지혜를 주시옵소서."

이후 몇 세기 동안 이 기도문과 비슷한 생각을 표현하는 사람들이 많이 나타났지요.

내가 흥미롭게 생각하는 부분은 수많은 사람들이 타인의 생각을 마치 자신의 창조물인 양 말하고 싶어 한다는 점입니다. 때로 사람들은 지나치게 자아 Ego에 얽매인 나머지 한 인간으로서 자유롭게 생각하는 기쁨을 잃어버리고 있지요.

물론 가끔은 "자아는 자신이 생각하고 행동하는 바에 따라 긍정적일 수도, 부정적일 수도 있는 존재"라고 자각하는 사람도 있습니다.

당신처럼 자신에게 솔직하면 자아를 부정적인 형태로 사용하는 일은 없겠지만요.

사람들은 초자연과 초능력을 제대로 이해하지 못합니다. 초능력은 인간뿐 아니라 모든 생명이 갖추고 있는 것이랍니다.

다른 종족과 관계를 맺으려면
딱 한 가지, 사랑이 있으면 됩니다.
순수한 사랑과 함께 지내는 일,
그리고 보살핌을 통해 정을 주고받는 교감!

대개 사춘기를 맞이할 즈음이면 신비로운 색을 보거나 느끼는 일, 그리고 영혼의 소리를 듣는 일을 멈춥니다. 하지만 당신이나 나처럼 직관적인 감각과 아우라의 색을 보는 일에 좋은 감정을 느끼거나 친숙하게 받아들이는 사람들은 나이를 먹어도 신비로운 감각과 능력을 멈추지 않습니다.

지난 편지에서 당신은 어떻게 빛깔을 감지하는지에 대해 밝혀주었지요. 실로 훌륭한 설명이었습니다. 꿈을 통해 알려주는 방법도 아주 좋다고 생각합니다. 사람들 주위에 감도는 색이나 이미지를 볼 수 있는 사람은 타인의 행동이 야기하는 폐해에서 자신을 지킬 수 있다는 장점을 갖춘 셈이지요.

사람들은 자신이 좋아하지 않는 경험을 꺼리며, 다양한 경험을 두려워하기도 합니다. 그렇다 보니 되레 곤란한 경험을 자초할 때도 있습니다.

당신은 경험이나 모든 생명에 대해 편견을 갖고 있지 않은 것 같습니다. 모든 생명을 향한 사랑이 가득해서 설령 당신이 어떤 사람인지 모른다 해도 타인은 그 에너지를 감지해 당신을 자연스럽게 신뢰할 수 있게 됩니다.

운동 능력, 글쓰기 능력, 춤추는 능력을 계발하듯이 초자연적인 능력을 계발하려는 사람들이 있습니다.

누구나 춤을 배우지만 훌륭한 댄서가 될 수 있는 사람은 몇 안 됩니다. 마찬가지로 누구나 글쓰기를 배우지만 당신처럼 하나의 소통 형식으로까지 승화시키는 사람은 극소수입니다. 어떤 분야에서 성공하려면 단순히 능력을 계발하는 단계에서 머무는 게 아니라 '성공을 끌어당기는 의식'이 필요합니다. 하지만 많은 사람들이 이 사실을 이해하지 못합니다.

"요시모토 바나나 씨처럼 훌륭한 소설가가 되고 싶습니다."

이렇게 말하는 사람을 나는 많이 만났습니다.

"윌리엄 레이넨 씨, 유명한 가수가 되고 싶어요."

이렇게 말하는 사람이 있을지도 모르죠.

하지만 그런 사람들은 성공하고자 하는 동기가 충분하지 않을 뿐더러 성공을 손에 넣기 위해 스스로 적극적으로 행동을 일으키는 힘도 갖추고 있지 않지요.

그리고 최고의 성공을 거머쥔 사람이라도 대응하고 해결해야 할 개인적인 문제가 끊임없이 거듭된다는 사실을 잊고 있습니다.

나는 입양 문제와 관련해 세상에 도움을 줄 수 있는 존재가 되고 싶습니다. 입양은 최근 들어 나의 큰 관심사이자 이루고 싶은 목표이지만 한편으로는 숙제이기도 합니다.

나의 반려자인 루스와 함께 장애를 가진 개를 도우며 동물들을 보살피고 있습니다. 우리는 그 일이 가치 있다고 믿기에 행동으로 실천하는 것입니다. 사람들한테 인정받지 못하는 것쯤은 상관없지만 비난을 받을 때면 왠지 기분이 울적해집니다.

"그까짓 동물한테 왜 시간과 돈을 쳐들여요!"

"사냥개로도 못 쓰고 집 지키는 똥개로도 못 쓰는 아무짝에도 쓸모없는 개를 돌보는 건 가치 없는 일이에요!"

지금까지 수도 없이 이런 원색적인 비난을 들었습니다.

사람들은 세상에 존재하는 어려움에 처한 무수한 아이들은 애써 외면한 채 자신의 피가 섞인 자식에만 집착하는 듯합니다.

지구촌은 사람들로 넘쳐납니다. 그 모든 사람들이 배불리 먹을 수 있을 만큼 풍요롭지 못한 탓에 굶주리는 사람이 부지기수입니다. 특히나 아이들은 말할 것도 없습니다.

이 같은 현실에 나도 모르게 감정이 복받치곤 해서 좀 더 객관적인 모습을 잃지 말아야겠다고 반성합니다. 그렇더라도 역시 지구라는 한 공간에서 하나의 가족으로 살아가는 일에 대해 많은 사람들이 좀 더 진지하게 생각했으면 하는 바람은 여전히 간절합니다.

바나나에게 편지를 쓰기 시작하면 하고 싶은 말이 끝도 없이 샘솟아 콸콸 넘쳐흐를 지경입니다.

아마도 당신은 나를 바꾸려 하지 않고, 있는 그대로의 나를 이해해주는 몇 안 되는 친구라서 그런 거겠지요. 정말 고맙습니다.

당신과 당신의 가족들에게 사랑을 담아, 윌리엄

순수한 애정이 주는
따뜻한 위안

떠나는 순간까지 평정심을 잃지 않는 동물들도
돌봐주는 사람이 아플 때면 함께 아파한다고 합니다.
사랑이 무엇인지 알아버렸기 때문이겠지요.

사랑한다는 것은
생명을 품어 기른다는 것

이 세상은 너무 넓고 너무 커서 온갖 문제가 고개를 쳐드는 것 같습니다. 하지만 저마다 자신의 책임을 다하고 판단력을 발휘한다면 사랑을 구하는 아이들에게 길은 열리리라고 확신합니다.

요시모토 바나나

위대한 프로젝트에 참여하지 않아도 얼마든지 세상을 바꿀 수 있습니다. 한 사람의 선택이 창조한 에너지는 주위로 퍼져 나가 같은 긍정의 에너지를 불러 모읍니다.

윌리엄 레이넨

월리엄에게

따뜻한 말들, 정말 감사합니다.

나는 늘 동물처럼 살고 싶다는 생각을 합니다.

호감이 가고, 매사에 정확하며, 사람들의 사랑을 독차지하고, 기복 없는 감정과 늘 타인을 위해 존재하는 사람은 되고 싶지 않습니다.

이토 씨와 함께 즐겁고 긍정적인 남의 말을 하며 허심탄회하게 웃고 싶습니다.

가끔은 몸에 해로운 것도 먹고, 배탈도 나고, 저주의 말을 내뱉고, 울퉁불퉁 모나게 살아가고 싶습니다.

나의 능력을 훌쩍 뛰어넘는 불가능한 상황에서는 벌벌 떨고, 대신 무엇이든 가능한 상황에서는 열심히 즐기고 싶습니다.

그것이 인생이라고 생각합니다.

한자리에 앉아 지그시 동물을 바라보고 있노라면 늘 떠오르는 생각이 있습니다.

동물들은 맘 내키는 대로 지내도 사람들에게 불안감이나 부담감을 주지 않습니다.

동물들은 "내일 하려면 힘들 테니까 오늘 미리미리 해둬야지"라고 말하지 않습니다.

"오늘은 너무 많이 잤으니까 내일은 일찍 일어나야지"라고도 말하지 않습니다.

하지만 '저 녀석은 미우니까 나한테 달려들면 콱 깨물어야지'라고 생각합니다. 그러나 그렇게 마음먹었더라도 스트레스가 사라지면 금세 잊어버립니다.

죽기 직전까지 아무렇지도 않게 지내며 떠나야 할 시간이 다가와도 두려워하지 않고 완벽한 순간에 스르르 눈을 감습니다.

하지만 떠나는 순간까지 평정심을 잃지 않는 동물들도 자신을 돌봐주는 사람이 아플 때면 함께 아파한다고 합니다. 사랑이 무엇인지 알아버렸기 때문이겠지요.

동물을 사랑한다는 건 쓰다듬거나 마구마구 귀여워해주는 게 아니라 동물을 돌보는 인간이 행복감을 느끼고 동물 자체를 사랑해서 그저 담담하게 보살피며 함께 지내는 일상이 존재하는, 그런 게 전부라고 생각합니다.

만화가이기도 한 나의 친언니 하루노 요이코는 완벽하게 반려동물과 함께 지내는 사람입니다. 언니에게는 자신의 시간이나 스케줄이 없습니다. 모든 시간을 장애를 갖고 있는 고양이들에게 쏟아붓습니다. 언니가 동물들과 함께하는 시간은 힘들거나 괴로운 때가 아닌 가장 즐거운 순간입니다.

언니는 나무 위에 올라가 내려오지 못하고 있는 새끼 고양이를 구하기 위해 위험을 무릅쓴 채 사다리에 오르거나 매일같이 아픈 고양이를 병원에 데리고 갑니다. 아이들의 짓궂은 장난에 장애를 입고 버려진 고양이를 하루라도 더 살게 하려고 애쓰며 혼수상태인 고양이를 담담하게 가슴에 품어 쉬를 누이기도 합니다.

처음에는 걷지도 못하던 그 새끼 고양이가 이제 걸을 수 있게 되었다면 믿어지세요?

다른 고양이를 깨물어 죽인 고양이에게 물려 자신의 팔이 띵띵 붓고 몸에서 열이 펄펄 끓어도 언니는 그 고양이에게 밥을 주며 "다음부터는 그러지 마" 하고 말을 건넵니다.

언니가 거리를 걸을 때면 언니와 함께 있고 싶은 고양이들이 뒤를 졸졸 따라옵니다.

그런 언니에 비하면 나는 인간 세상에 머물고 있다는 느낌입니다.

나에게 영어 회화를 가르쳐주는 선생님이 계신데, 그분은 어디선가 학대당하고 버려진 개를 데려와 정성스럽게 돌봤습니다.

그 개가 선생님 댁에 왔을 때는 이미 나이가 많은 상태였지요. 하지만 선생님과 함께 지내면서 그 개는 인생의 마지막 시간을 행복하게 보냈습니다.

그러던 어느 날 슈퍼마켓 앞에 잠시 묶어둔 그 개를 그만 잃어버리고 말았답니다.

한 목격자가 말하기를, 초라한 행색의 어떤 남자가 개를 데리고 갔다는 것이었습니다.

선생님은 사방팔방으로 개를 찾으러 다녔습니다. 경찰서에도 찾아가고, 사람들에게 부탁도 하고, 열심히 기도도 하고……. 그 결과 기적적으로 개를 찾을 수 있었습니다. 역시 개는 또 버려져 있었고, 다시 선생님의 품으로 돌아올 수 있었습니다.

그때 그 개는 이미 신장이 많이 부어 있었는데, 유괴 과정에서 겪은 스트레스가 생명을 위태롭게 할 만큼 컸던 것 같습니다. 하지만 개는 그 일이 있고도 반년을 더 살았습니다.

어느 날 아침, 선생님의 머리맡에서 스르르 눈을 감는 그 순간까지 행복하게 살았습니다.

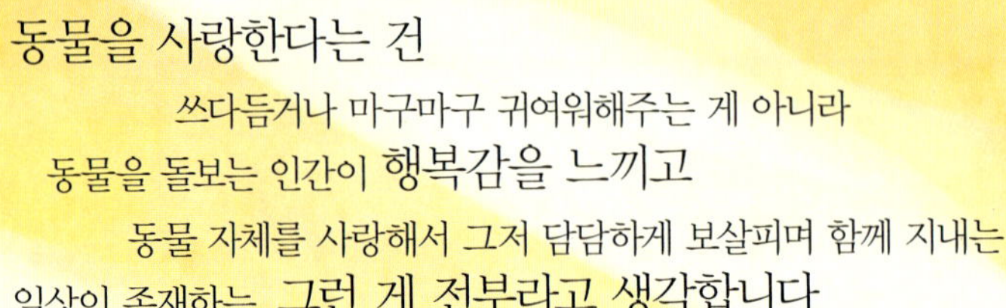

동물을 사랑한다는 건
쓰다듬거나 마구마구 귀여워해주는 게 아니라
동물을 돌보는 인간이 행복감을 느끼고
동물 자체를 사랑해서 그저 담담하게 보살피며 함께 지내는
일상이 존재하는, 그런 게 전부라고 생각합니다.

개가 없어졌다는 이야기를 전해 듣고는 가슴이 찡하고 숨이 콱 막히는 것 같았습니다. 덩달아 이성을 잃고 눈물을 쏟고 말았지요.

이게 바로 감정이입의 나쁜 사례겠지요!

그때 나는 그런 식으로 감정이입에 빠질 게 아니라, 함께 기도하고 미소로 선생님의 마음을 어루만져주어야 했습니다.

왜냐하면 모든 인간은 커다란 존재의 일부로서 같은 생명체라 하더라도 저마다 개인의 존엄성은 분명 존재하기 때문입니다.

내가 아무리 사랑하는 개와 함께 잠을 자고 함께 산책하는 유사한 체험을 했다 하더라도, 진실은 선생님과 그 개의 개별적이고도 특별한 이야기입니다.

최근에야 나는 감정이입으로 그 개별적인 존엄에 침입해서는 안 된다는 사실을 깨달았습니다.

배려하는 마음으로 상대방의 이야기에 공감하고 따스한 위로의 말을 건네는 게 내가 할 수 있는 모든 것입니다.

아직 감정이입을 배제한 객관적인 배려를 제대로 실천하지 못하고 나도 모르게 솟구치는 온갖 느낌에 빠질 때가 많지만, 해야 할 일은 해야 한다고 생각하며 항상 마음을 다잡습니다. 나에게 객관적 배려는 어쩌면 영원한 숙제인지도 모릅니다.

나는 유산을 경험한 적이 있습니다. 그 이후에도 여러 문제가 있어서 아주 어렵게 출산을 했지요.

그때의 경험을 통해 아이를 잃은 어머니의 마음과 아기를 낳을 수 없는 사람들의 마음을 처음으로 이해할 수 있었습니다.

가까운 곳에서 다양한 사례도 직접 접했습니다. 산부인과에는 행복한 드라마도 많지만 슬픈 드라마도 많습니다.

유산이 되었을 때 절규하듯 아이를 향해 울부짖었습니다.

'아가야, 떠나지 마! 함께 살자꾸나!' 하는 마음으로요.

조금 진정이 되었을 때 '내 아이가 아니면 안 된다'는 부모의 심정을 난생처음으로 이해할 수 있었습니다.

그래서 입양 이야기만 나와도 펄쩍 뛰는 사람들이 있다는 사실을 조금은 이해할 수 있었지요.

다만 자신의 아이를 가질 수 없고 때때로 조카들이나 이웃의 아이들과 함께 지내며 자신의 시간과 경험을 나눌 수 없는 상황이라면, 자녀들이 이미 독립했고 오래전에 아이를 키워본 사람이라면, 전혀 모르는 아이를 위해 봉사하는 사람을 곁에서 지켜본 적이 있다면 조금씩 입양 운동에 참여해보는 게 인생에 얼마나 큰 의미가 있는 일인지를 잘 압니다.

윌리엄이 활동하는 입양 운동에 대해 알고 싶어요.

그리고 어떤 일들이 문제가 되며, 함께 나눌 수 있는 일은 무엇인지도요.

이 세상은 너무 넓고 너무 커서 온갖 문제가 고개를 쳐드는 것 같습니다. 세상에는 성적 학대를 위해 아이를 입양하는 사람까지 있으니 말이에요.

하지만 저마다 자신의 책임을 다하고 판단력을 발휘한다면 사랑을 구하는 아이들에게 길은 열리리라고 확신합니다.

친애하는 윌리엄!

건강하고 행복하게 지내길.

하와이의 좋은 공기와 멍멍이들이 윌리엄을 치유해주길.

그리고 답장은 천천히 주셔도 괜찮습니다.

내가 무언가를 쓰는 일만큼은 좀 빠르지요? 다른 일은 늘 천하태평인 게으름뱅이이면서 말입니다.

그런 내 결점도 그대로 받아들이려 노력한답니다!

바나나

바나나에게

바나나의 이야기는 늘 나의 뇌를 자극하고 긍정적인 에너지의 스위치를 켤 수 있도록 이끌어줍니다.

동물처럼 살고 싶다는 이야기는 여러 의미에서 꽤 흥미롭게 다가왔습니다. 그렇게 되고 싶어 하는 당신의 이유도 충분히 공감합니다. 동물들이 얼마나 평정심을 갖고 사는지, 얼마나 훌륭한 존재인지 좀 더 많은 사람들이 알아주면 좋겠습니다.

동물에게는 영혼이 없다고 주장하는 사람도 많지만 나는 그렇게 생각하지 않습니다. 다시 태어나야 하는 영혼은 스스로 균형을 실현하는 데 필요한 경험과 가장 적합한 육체를 선택해 태어납니다. 내가 가장 좋아하는 나의 전생은 개로 지냈을 때입니다. 그런데 내가 이런 이야기를 비치면 부정적인 반응을 보이는 사람이 참 많습니다. 그런 사람들은 전생과 관련해 자신의 믿음이 타인의 믿음보다 훨씬 우월하다고 생각하는 모양입니다.

오늘날 우리는 물병자리 시대(178쪽 '물병자리 시대와 물고기자리 시대'

참고)를 살고 있습니다. 한 사람 한 사람이 진정한 자신으로 살아가고, 남의 생각을 좋다 나쁘다고 재단하거나 비난하지 말고, 서로 상대방을 존중해야 하는 시대입니다.

개로 지냈던 전생에서 나는 '나와 다른 생각이나 의견에도 마음을 열어야 하고, 결코 내 주장만 앞세워서는 안 된다'는 삶의 원리를 배웠습니다.

영어 회화 선생님의 반려견 이야기는 개개인이 저마다 세상에 긍정적인 영향을 끼칠 수 있다는 진실을 우리에게 가르쳐줍니다.

위대한 프로젝트에 참여하지 않아도 얼마든지 세상을 바꿀 수 있습니다. 한 사람의 선택이 창조한 에너지는 주위로 퍼져 나가 같은 긍정의 에너지를 불러 모읍니다.

동물에게도 마찰 없이 편안하게 살아갈 수 있는 권리를 주어야 합니다. 선생님의 반려견은 오래 살지 못했지만 공포의 반대편에서 평온하게 살다 갔습니다.

나의 반려자인 루스가 비영리단체를 열어 동물보호운동에 앞장서고 있습니다. 친구인 조 아키노가 부대표, 내가 서기와 재무를 담당하고 있지요.

불황의 여파로 하와이에는 굶주린 애완동물이 많습니다만, 지금은 강아지만 돌보고 있습니다.

바나나의 언니가 고양이를 보살피고 있다지요? 정말 훌륭한 일을 하고 있군요. 나도 고양이를 좋아하지만 우리 집에는 강아지가 여러 마리라 안전상 고양이는 아직 엄두도 내지 못하고 있습니다. 좀 더 넓은 집을 장만해 여러 마리를 키울 수 있는 여력이 생긴다면 고양이와 다른 동물도 돌봐주고 싶습니다.

바나나의 언니는 정말 칭찬받아 마땅한 분입니다. 사람들은 상처 입은 고양이를 보고도 모른 척 지나갑니다. 고양이가 어딘가 불편해하고 있다는 사실조차 자각하지 못하는 사람도 있습니다.

사다리를 이용해 새끼 고양이를 구했다는 당신의 이야기를 읽고 미국 시애틀에 있는 친구 이야기를 떠올렸습니다. 친구도 마찬가지로 높은 곳에 있는 고양이를 구해 가슴에 품고 내려오다가 그만 사다리에서 떨어지는 바람에 팔이 부러지고 말았지요.

친구가 팔에 깁스를 하고 있는 동안 고양이는 늘 그 친구 곁을 지켰습니다. 깁스를 풀자 변함없이 친구를 졸졸 따라다니긴 했지만, 좀 더 '고양이다운 장난거리'에 관심을 보였다고 하더군요. 고양이는 자신을 구해준 사람이 깁스를 풀 때까지 자기 나름대로 그를 보살펴주었던 거지요. 동물은 또렷이 기억합니다. 그리고 똑

똑하게 알고 있습니다.

당신은 감정이 요동치는 이야기를 전해 들었을 때 몸과 뇌가 어떻게 반응하는지에 대해 이야기해주었지요. 그 구절을 읽고 감정이입을 하면 우리가 어떤 영향을 받는지 알 수 있었습니다. 감정이입 없이 객관적으로 배려하는 일은 인간에게 무척이나 어려운 과제입니다.

당신이 들려준 영어 회화 선생님 이야기는 내 마음 깊숙이 와닿았습니다. 그리고 인간뿐 아니라 모든 생명을 위해 기꺼이 힘쓰는 사람들이 이 세상에 널리 퍼져 있다는 사실에 용기를 얻었습니다.

그 이야기에서 가장 다행이라고 여겼던 부분은 개가 유괴를 당한 뒤 다시 자신을 사랑해주는 사람이 있고 안전하다고 여겨지는 장소로 되돌아왔다는 사실입니다.

그 사건이 선생님과 개에게 성장과 균형을 위한 경험이 되었을지도 모른다는 당신의 견해는 정말 맞는 말이라고 생각합니다. 우리는 타인의 경험을 단순히 관찰한 뒤 '그건 옳고, 그건 틀리다'라고 단정 지어서는 안 되며, 또 그런 진실을 배울 필요가 있습니다. 사람들은 '이건 좋은 일이고 저건 나쁜 일'이라는 식으로 부모나 사회가 심어준 가치관을 좇아 살아가면서 정작 자신의 인생에 필연적으로 찾아오는 경험은 무시하고 맙니다.

예를 들어 누군가를 사랑할 때도 세상이 허락하지 않는다거나 부모님이 반대한다는 등의 이유를 사랑보다 먼저 앞세웁니다.

하지만 동성애든 이성애든, 그 영혼이 필요로 하는 경험은 고차원적인 자아가 부여하는 일입니다. 각자 자신의 영혼이 창조한 인생을 살아가는 일이 무엇보다 중요합니다(37쪽 '영혼이 구하는 것과 내가 지금 원하는 것들' 참고).

당신은 그때 감정이입에 빠졌던 자신의 행동을 반성했지만, 감정이입에서 완벽하게 벗어난 사람은 본 적이 없습니다. 당신은 내가 지금까지 만난 사람들 중 객관적으로 관찰하며 살아가는 몇 안 되는 사람 중 한 명입니다.

감정이입을 배제한 채 객관적인 시각으로 살아가기 위해서는 자신을 엄격하게 다스려야 합니다. 이는 우리 모든 인간의 과제이자 배움입니다. 어떤 문화에 살더라도, 어떤 경제 수준의 삶을 살더라도 똑같습니다. 자신을 다스리는 일은 인생에 항상 덤으로 따라오는 과제입니다.

당신과 이토는 훈훈한 관계를 맺고 있는 것 같군요. 두 사람 모두 너무 바빠서 느긋하게 이야기를 나눌 기회가 많지 않을 것 같긴 하지만요.

편지에 "이토 씨와 함께 남의 말을 하며 웃는다"고 썼지만 사실 그건 남이 아니라 '남이 하는 일'을 이야기하며 웃는 거라고 생각합니다.

당신과 이토처럼 나도 미국에 친한 친구가 있습니다. 조이스 볼드윈이라는 친구인데, 함께 있으면 서로 신기한 일이나 우스꽝스러운 일들을 이야기하며 맘껏 웃곤 합니다.

주로 사람들이 자신이 없어서 쉽게 결정을 내리지 못해 초래하는 경험의 결과를 하소연할 때 웃음보가 터지는 것 같아요.

"나는 결혼하지 않았으니까 아이를 가질 수 없다"는 미혼 여성의 푸념을 들었을 때 배시시 웃음이 나왔습니다. "처자식이 없으면 번듯한 직장에 취직이 되지 않는다"고 투덜대는 남성의 이야기도, "이혼하고 싶어요. 남편과는 끝이에요"라면서도 "경제적으로 불안해요, 자립할 자신이 없어요"라며 다시 원점으로 돌아가는 이야기도 우습고요.

이런 이야기를 들었을 때 내 머릿속에 가장 먼저 드는 생각은 '자신의 재능과 관심사에 대해 좀 더 진지하게 생각해보면 어떨까요?'라는 충고입니다.

사람들은 세상이 주입한 가치관이나 사고방식에 얽매여 진정한 자신을 바라보지 못합니다.

진정으로 아이를 원한다면 결혼을 기다리지 말고 싱글맘을 생각해볼 수도 있겠지요. 중요한 건 자기 자신이 정말로 자녀 교육에 흥미가 있는지, 그럴 여력이 있는지를 진지하게 생각해보는 것입니다.

자신이 생각하는 좋은 직장에 들어가고 싶다면 자신의 재능과 흥미에 대해 깊이 생각한 뒤 그에 필요한 행동을 하면 되고요.

누구나 살다 보면 인생의 문제에 직면할 때가 있습니다. 인생에서 찾아오는 이런 온갖 경험에 대처하고자 하지 않으면 더 높은 수준의 정신세계로 도약할 기회를 잃고 맙니다.

모든 사람들과 솔직하게 대화하거나 자기 자신과 마주하고 자신의 성격이나 문제에 대해 허심탄회하게 이야기를 나누는 게 중요합니다.

예를 들어 자신이 감정에 사로잡혀 쉽게 울컥하는 문제점을 가지고 있음을 인식했다면, 감정에 휩쓸리는 상황이 닥쳤을 때 감정적으로 반응할지, 객관적으로 반응할지 선택할 수 있고 결과적으로 성장할 기회를 마련할 수 있습니다.

만약 자립이 문제라면 그 사실을 솔직하게 인정하고, 회피하지 않고 해결할 수 있는 방법을 찾을 수 있겠지요. 마냥 피하기만 한다면 해결책은 영영 찾을 수 없을 거예요.

나는 매일 나 자신에게 큰 소리로 긍정의 말을 들려주고, 열린 마음으로 새로운 경험과 아이디어에 다가가자고 맹세합니다. 자기 자신에게 긍정의 말을 들려주면 감정을 통제하기가 훨씬 쉬워집니다.

하지만 때때로 긍정의 말이나 기도를 해도 쉬 피로해지거나 불안과 초조감에서 헤어나지 못할 때도 있습니다.

내가 마음의 평온에 대해 가르치기 때문인지 사람들은 종종 나를 완벽한 인간이거나 혹은 아예 힘든 상황에 직면하지 않을 거라고 생각하는 경향이 있습니다. 그럴 때면 나는 그렇게 엉뚱한 시선으로 나를 바라보는 사람들을 향해 방어적이 되어 언어로 윽박지를 때가 있습니다.

인간이 육체를 갖고 살아가는 이유 가운데 하나는 가시밭길을 걸어가며 고통을 경험하기 위함입니다.

가시밭길은 우리를 벌하기 위해 존재하는 게 아니라 우리에게 성장할 기회를 주기 위해 존재하는 것입니다.

당신은 내게 아이를 잃게 된 일을 계기로 자신의 피가 섞인 친자식을 고집하는 사람들의 마음을 이해할 수 있게 되었다고 고백했습니다.

나도 아주 조금이긴 하지만 짐작될 때가 있습니다.

남자들은 보통 임신과 출산에 따르는 고통을 이해하기 어렵지요. 특히 뱃속의 아기를 잃어버린 충격을 남자들은 공감하지 못합니다. 임신 경험이 없으니까요.

하지만 당신이 뱃속의 아기에게 말을 걸었다는 사연은 남녀를 불문하고 가슴을 찡하게 합니다.

태아가 긍정적인 언어에 얼마나 영향을 받는지 실감하지 못하는 사람이 많은 것 같습니다.

"엄마 아빠의 목소리를 뱃속의 아기가 어떻게 듣겠어요?"라고 말하는 여성도 있고, "학교에 들어갈 때까지는 아이들과 대화하지 않는다"는 부모조차 있습니다. 어릴 때는 언어를 이해하지 못한다고 생각하는 거지요.

아기가 태어날 때까지 전혀 관심을 갖지 않다가 막상 아이가 태어나 자라는 모습을 보면서 "왜 우리 애는 나를 낯설어하지? 왜 나를 신뢰하지 않는 걸까?"라고 푸념하는 남자들이 많습니다.

물병자리 시대에는 누구나 지금보다 훨씬 더 깊은 소통의 존재를 자각하게 될 테지요.

당신은 아이가 태어나기 전부터 아이와 관계를 맺고 어떤 곤경에 처하더라도 언제나 격려하고 지지한다는 것을 감지할 수 있는 에너지를 선사했습니다.

예전에 내가, 당신은 언어 이상의 것을 전달해 사람들에게 영향을 끼치는 아주 독특한 작법을 갖추고 있다고 말한 적이 있지요. 누구나 글쓰기를 배우지만 당신이 실현하는 것처럼 에너지를 구사해 글을 쓰는 사람은 많지 않습니다. 당신의 글에는 많은 사람들이 공감하고 서로 이어질 수 있는 감정, 이미지, 깊은 통찰이 존재합니다.

사실 입양 문제는 사람들이 그다지 관심을 갖지 않는 주제입니다. 저마다 자신이 적절하다고 생각하는 방향을 따라 궁극적으로 한 걸음씩 나아간다고 말한 당신의 이야기에 전적으로 동감합니다. 아기를 입양하는 사람도 있고, 고아원에서 봉사활동을 하는 사람도 있습니다. 고아들을 위해 모금 운동을 펼치는 사람이 있는가 하면, 집 없는 아이들을 놀이공원에 데려가는 사람도 있고, 형편

이 어려운 아이들에게 매일 급식을 나누어 주는 사람도 있습니다. 각자 자신이 할 수 있는 걸 선택해 한 걸음씩 내딛으면 됩니다.

워싱턴에 살았을 때 여러 단체와 함께 굶주린 아이들을 보살피는 일을 했습니다. 그때 일본인들과 캄보디아에 간 적이 있는데, 캄보디아 대학살에서 살아남은 아이들이 지독한 가난에 처해 있다는 사실을 두 눈으로 확인했습니다.

캄보디아의 학교에서는 캄보디아어와 프랑스어뿐 아니라 영어도 가르치고 있었습니다. 그런데 정작 교실에는 영어 교과서가 없더군요. 그래서 나는 캄보디아의 유치원이나 초등학교에 영어 책을 보내는 프로젝트를 시작했습니다.

이 프로젝트에는 '성공 의식'이 있어서(89쪽 '프로젝트에는 성공·중간·실패 의식이 있다' 참고), 얼마 지나지 않아 5톤이나 되는 영어 교과서를 모을 수 있었습니다.

아시다시피 나는 가끔 융통성 없이 고집불통이 될 때가 있습니다. 캄보디아에 그렇게 많은 책을 보내는 일이 얼마나 어려운지 잘 알면서도, 같이 활동하는 사람들이 지쳐 포기하는 상황에서도 어떻게든 방법을 찾아내 이 프로젝트를 성사시켰습니다.

너무나 많은 사람들이 돈에 집착하고 남을 도울 때도 자신의 이

익을 우선시한다는 걸 그때 뼈저리게 느꼈습니다.

이를테면 운송 회사의 경우 여러 곳의 제품을 실어 나르는데, 그들은 컨테이너가 가득 차지 않아도 발송을 할 수밖에 없습니다. 그래서 컨테이너에 빈 공간이 생길 때가 많지요. 그럼에도 운송료를 지불하지 않으면 아무리 기부하는 책이라도 실어줄 수 없다는 이야기를 듣고 나는 큰 충격을 받았습니다. 그러던 차에 어느 대형 운송 회사에서 남은 공간에 무료로 책을 싣게 해주었고 무사히 캄보디아로 책을 전달할 수 있었습니다.

멕시코에서도 몇 년 동안 고아를 돕는 프로젝트에 몰두한 적이 있는데, 멕시코 정부와 미국 정부의 관계 때문에 지원을 지속하기가 어려워졌습니다. 지금도 친구들과 나는 아이들에게 먹거리와 옷을 보내고 있는데, 안타깝게도 원조품이 아이들에게 제대로 전해지지 않을 때가 많습니다.

아동 성적 학대와 관련해 나는 몇 시간에 걸쳐 이야기를 했지요. 이는 아이들만의 문제가 아닙니다. 나는 연령이나 성별에 상관없이 모든 성적 학대를 종식시키는 일에 굳은 결의를 품고 있습니다. 성적 학대는 유사 이래 세상에 뿌리 깊게 존재해오고 있습니다. 과거에는 어떤 일이 일어났는지조차 사람들이 제대로 알지 못했지요.

하지만 오늘날에는 타인의 고통에 무관심하거나 문제를 은폐하려는 고리타분한 방식이 더 이상 통하지 않습니다. 그도 그럴 것이 현대인이라면 사람들에게 문제의 심각성을 알리는 일에 누구나 크고 작은 도움을 줄 수 있기 때문이지요.

여름이 훌쩍 지나가고 당신과 도쿄에서 만날 수 있는 가을날도 머지않았습니다.

사랑과 축복을 담아, 윌리엄

인간이 몰두하는 프로젝트는 모두 정신세계에서 창조됩니다.

정신세계는 다양한 계층으로 이루어져 있습니다. 무조건적인 사랑을 실천할 수 없게 하는 폭력적·지배적·주관적·학대적·제한적인 모든 부정적인 방식이 똬리를 틀고 있는 계층도 있습니다.

지면상 자세히 밝히기는 어렵지만 인간과 영혼의 차이는 단지 육체가 있느냐 없느냐입니다. 살아 있는 동안 부정적인 삶을 영위하면 그 수준 그대로 영혼의 거처를 결정합니다. 죽어 영혼이 되었다고 세상만사 모든 일을 절로 이해할 수 있게 되는 것은 아닙니다.

지금 살아 있을 때 이해하지 못하면 영혼의 세계에 가서도 이해하지 못하고 결국 다양한 활동을 다시 거듭해야 합니다.

영혼의 세계에서 창조한 프로젝트에는 의식이 있습니다.

낮은 단계에서 창조된 프로젝트 의식에는 낮은 단계의 에너지가 흐르고, 높은 단계에서 창조된 프로젝트 의식에는 높은 단계의 에너지가 흐릅니다.

낮은 단계의 존재 방식으로 창조된 프로젝트에는 제한과 지배가 존재하고, 궁극적으로 균형과 성장에 도움이 되지 않으며, 단순히 이기적인 자아를 증폭시키는 욕심으로 가득합니다. 이는 '실패 의식'입니다. 프로젝트가 실패로 돌아가는 게 아니라 진정한 자신으로 살아가는 데 도움이 되지 않는다는 의미에서의 '실패 의식'입니다. 그리고 실패 의식과 부합하는 인간을 찾아내 그 실패 의식을 인간 세상에서 실현시키고자 합니다. 결과적으로 이런 프로젝트를 창조하는 영혼과 실현하는 인간은 새로운 카르마를 만들어낼 따름입니다.

반면 높은 단계에 있는 영혼의 세계에서 창조된 프로젝트는 균형과 성장에 도움을 줍니다. 이런 프로젝트는 '성공 의식'으로, 역시 높은 단계의 진폭을 갖춘 사람을 찾아내 이 '성공 의식'을 인간 세상에 실현하고자 합니다.

영혼의 세계에서나 인간의 세계에서나 중요한 것은 부자가 되는 것도, 유명해지는 것도, 성공적인 결혼을 하는 것도 아닙니다. 영혼도, 인간도 지향하는 목표는 균형과 성장을 실현하는 일입니다. 자신에게 편리한 일만 떠맡는 게 살아가는 목적이 아니라 '경험으로써 모든 일에 대처하자'는 삶의 태도를 관철시키는 사람에게는 성공 의식의 프로젝트가 찾아옵니다. 나는 이렇게 성공 의식을 갖춘 사람들과 프로젝트에 몰두합니다.

인간은 의식이 낮으면 '이렇게 해라, 이렇게 하지 마라'는 식으로 타인을 지배하거나 지도하며, 높은 의식을 갖춘 인간을 질투하고 비난하며 나쁜 영향을 끼치려고 합니다.

마찬가지로 낮은 단계의 영혼도 높은 단계의 영혼에 영향을 끼치려고 하지만, 높은 단계의 영혼은 부정적인 일에는 반응하지 않습니다.

낮은 단계의 영혼과 높은 단계의 영혼이 서로 싸우는, 이른바 선악의 싸움 따위는 존재하지 않습니다. 그도 그럴 것이 높은 영혼이 애초 상대를 해주지 않기 때문입니다.

함께하고
나누는 즐거움

세상의 모든 불행을 멈추게 할 수는 없겠지만,
자신이 할 수 있는 일을 조금씩 차곡차곡
쌓아가는 건 꽤 의미 있는 일입니다.

인생에서
가장 소중한 것

바람이 불고, 녹색 잎들이 파릇파릇 살아나고, 숲이 우거지는 이런 것들이 가장 소중하다는 사실을 깨달았습니다. 자연이 있어야 그 안에서 사랑하는 모든 것이 자연스럽게 어우러질 수 있음을 알았습니다.

요시모토 바나나

잘사는 사회는 사람들로부터 행복을 위한 기본 조건을 너무 많이 앗아갑니다. 저마다의 라이프 스타일을 유지하기 위해 더 바쁘게 일해야 하고 전통 음악, 춤, 아트, 공예품 만들기 등 개인적인 여가와 동호회 활동도 즐길 시간이 없습니다. 하지만 재교육으로 지식사회가 첨단 과학기술과 영성을 융합하는 일은 가능하다고 믿습니다.

윌리엄 레이넨

마음이 전해지는 답장, 정말 고맙습니다.

당신이 전생에 개로 지냈을 때를 상상하면 빙그레 미소가 지어집니다.

수많은 강아지들과 같은 방에 있을 때, 윌리엄도 여러 강아지 가운데 한 마리처럼 자연스러울 테니까요.

그럼 강아지 이야기를 하나 더 들려드릴게요.

우리 집에서 키우는 강아지 젤리코는 나이가 꽉 찬 열다섯 살 노견입니다. 이도 많이 상했고 간혹 강아지 전용 음식을 거부할 때도 있지요.

그래서 생각했습니다. 혹시 사료가 질린 건 아닐까 하고요.

이미 나이도 먹을 만큼 먹었고 하니 지나치게 건강을 챙기는 것보다 행복하게 지내는 게 더 나을 것 같아서 내가 직접 만든 밥을 조금씩 먹여보았습니다. 그랬더니 훨씬 건강해졌고 지독한 응가 냄새도 없어졌습니다.

모든 강아지가 젤리코처럼 노후를 보내야 한다고 생각하진 않습니다. 다만 젤리코의 속마음을 알게 된 것 같아 용기가 났습니다.

문득 사람도 개도 원하는 바는 비슷하다는 생각이 스쳤습니다.

'내년 여름에도 젤리코와 함께 지낼 수 있을까?'

여기까지 생각이 미치자 가슴이 먹먹해졌습니다.

지금까지 한 번도 같이 바다에 간 적이 없는 터라 바닷가 집으로 젤리코를 데리고 갔습니다.

난생처음 바다와 모래밭을 본 젤리코는 몹시 흥분해서 정말 오랜만에 이리저리 마구 뛰어다니더니, 돌아오는 차 안에서는 내 무릎에 머리를 묻고 행복하게 단잠을 청했습니다.

단순히 자기만족이라고 생각하지 않습니다. 바다를 보고 돌아오는 길에 젤리코와 내가 마음이 통하고 있음을 분명 느꼈으니까요.

'강아지 전용 음식을 먹지 않는다고 아무거나 먹일 수는 없잖아. 무슨 일이 생길지도 모르는데 바닷가에 데려갈 수는 없잖아.'

이렇게 '없잖아' 쪽을 선택하지 않아서 정말 다행이라고 생각했습니다.

괜찮다면 당신이 활동하는 자선단체를 본문 말미에 실었으면 합니다. 작은 도움이라도 드리고 싶어서요.

우주에는 '주면 줄수록 받는다'는 법칙이 있습니다.
물질뿐 아니라 격려, 사랑, 배려, 경험도 마찬가지입니다.
모든 것은 에너지입니다.

세상의 모든 불행을 멈추게 할 수는 없겠지만, 자신이 할 수 있는 일을 조금씩 차곡차곡 쌓아가는 건 꽤 의미 있다고 생각합니다.

올 여름은 유독 건강이 좋지 않아 삶과 죽음을 둘러싼 온갖 상념을 많이 떠올린 것 같습니다.

이 세상 모든 것과 헤어지고 싶지 않다는 생각도 많이 했고요.

가족도, 친구도, 맛있는 음식도, 소설을 쓰는 것도 내겐 정말정말 소중합니다.

하지만 가장 마지막에 남는 것은 자연, 자연과의 맺어짐이었습니다.

도시에서 지내도 상관없습니다. 바람이 불고, 녹색 잎들이 파릇파릇 살아나고, 숲이 우거지는 이런 것들이 가장 소중하다는 사실을 깨달았습니다.

자연이 있어야 그 안에서 사랑하는 모든 것이 자연스럽게 어우러질 수 있음을 알았습니다.

예전보다 하늘을 더 자주 올려다보게 되었습니다.

당신 몸도 불편한데 내 건강을 위해 기도한다는 이야기에 그만 눈물이 났습니다.

나도 당신의 건강을 위해 기도했습니다.

이른 휴가를 내서 발리에 다녀왔습니다.

예술인의 마을 우붓Ubud은 예전보다 훨씬 번화해져서 관광객을 위한 가게가 많이 들어섰더군요. 하지만 밤이 되어 어슴푸레 회색빛이 감도는 느낌이나, 좀 더 시골로 들어가 모든 영혼들이 춤을 추는 것 같은 느낌은 변함이 없었습니다.

항상 여행을 가면 사람들과 어울려 관광하기에 여념이 없었지요. 그러나 이번 여행에서는 정말 아무것도 하지 않고 쉬려고만 했습니다.

일찍 일어나 느긋하게 아침식사를 하고, 새소리를 들으며 산책하고, 지칠 때까지 걷다 땀이 나면 점심을 먹고, 요가를 하거나 태국 마사지를 받으며 치유의 시간을 보냈습니다.

마사지를 해준 사람은 발리의 치유사로 굉장히 마음 따스한 분이랍니다.

흠뻑 땀이 흐를 정도로 정말 열심히, 한쪽으로 쏠려 있는 나의 에너지를 바로잡아주었습니다.

나를 단지 손님으로 대하는 게 아니라 옆집 아저씨처럼 친절하게 보듬어주었습니다.

마을에 그토록 포근한 사람이 한 명만 있어도 사람들이 거리낌없이 마음을 터놓고 조언을 구할 텐데 하는 생각이 들었습니다. 그렇게 되면 작은 불화들이 더 커지기 전에 원만하게 매듭지을 수 있을 테고 얼굴을 붉히는 일 없이 평화가 쭉 이어지지 않을까 싶어서입니다.

당신도 모두에게 그런 분이겠지요.

일본에도 예전에는 그렇게 따뜻한 분이 많았던 것 같은데…….

사찰도 마음의 안식을 구할 수 있는 치유의 장소였던 것 같아요.

저녁을 먹기 전에도 열심히 산책하고 발리 춤을 구경하고 약속한 장소에서 친구와 가족과 수다를 떨며 느긋하게 저녁식사를 즐겼습니다.

요즘 현대인의 생활은 '이 정도도 사치로구나!' 하는 생각이 절로 드는 여행이었습니다.

일본에 돌아와서는 무지무지 좋아하는 태국 요리 음식점의 주인 부부가 너무 바빠서 (물론 다른 이유가 복잡하게 얽혀 있을 테지만) 이혼을 하게 되었는데, 그 이별 모임에 들렀습니다.

'만약'이라는 시간은 이 세상에 존재하지 않는다는 걸 잘 알지만 '만약' 그 부부가 우붓의 강가나 논밭 한가운데서 음식점을 했다면 어땠을까요? 밤에는 충분히 휴식을 취하고 가끔 휴가를 즐

기며 큰돈을 벌지 않아도 인생을 즐길 수 있는 시간이 있었다면,
만약 그랬다면 어땠을까요?

사람은 힘든 일에 맞닥뜨리면 가장 소중한 사람으로부터 멀어져
가는 것 같아요.

나는 내가 그런 최악의 상황으로 몰리기 전에 잠시 멈춤 버튼을
눌러 정말 다행이었다고 생각합니다.

그 결단에는 당신의 도움이 컸습니다. 정말 감사합니다.

사랑을 담아, 바나나

바나나에게

내가 강아지들에게 둘러싸여 있으면 자연스러워 보일 거라고 했지요? 맞아요. 실제로 나는 강아지나 동물과 함께 있으면 마음이 아주 편안해집니다. 반려동물뿐 아니라 야생동물과 함께해도 그렇고요.

친구와 있을 때도 편안하지만 동물과 함께할 때가 훨씬 더 마음이 편안합니다.

내 인생을 돌이켜보면 참 다양한 사람들과 시간을 보냈던 것 같습니다. 그 많은 사람들 속에 있을 때 타인의 눈에는 내가 편안하게 보였을지도 모르겠습니다. 하지만 내 마음이 항상 좋았던 것만은 아니었어요.

사람들에게 둘러싸여 있으면 불안감이 고조될 때가 있습니다. 물론 사람들과 어울리는 걸 무척 좋아하지만, 그렇다고 매순간 모든 상황에서 행복감을 느끼는 건 아닙니다. 내가 하는 일은 어쩌면 나 자신에게 치료 요법과도 같은 것입니다.

당신처럼 동물을 사랑하는 사람이 많아졌으면 좋겠습니다.

사람도 저마다 개성이 있듯 동물도 저마다 다른 성향을 가지고 있습니다. 우리 집에 강아지가 아홉 마리 있는데, 세 마리는 과일을 좋아하지만 나머지는 과일을 먹이려고 하면 냅다 도망칩니다.

루스와 나는 집에 있는 강아지들에게 제각각 다른 먹거리를 줍니다. 당신이 말했듯이 배설물 냄새가 심할 때는 음식을 바꿔야 합니다.

강아지에게는 반드시 전용 사료를 먹여야 한다거나 이 음식은 절대 먹여서는 안 된다고 주장하는 사람도 있지만, 나는 그렇게 생각하지 않습니다. 동물에게 자신이 먹고 싶은 것을 직접 선택하게 했더니 건강이 좋아진 경우도 많았습니다.

마늘이 훌륭한 식품이라고 하지만 강아지에게는 좋지 않다고 말하는 사람도 있습니다.

하지만 대부분의 강아지들은 자신의 기호품이나 자신에게 좋지 않은 음식이 무엇인지 스스로 잘 알고 있습니다. 래스컬은 연어를 좋아하지만 상한 연어를 먹고 배탈이 난 뒤로는 절대 연어를 먹지 않아요. 인간이 경험을 통해 배우듯 동물도 마찬가지입니다.

당신이 젤리코와 함께 바닷가에서 즐거운 한때를 보내고 온 건 정말 멋진 일이라고 생각합니다. 반려견과 함께 새로운 모험을 시도하는 것은 충분히 가치 있는 일이니까요.

지금까지 내가 활동한 단체 가운데 특히 애착이 가는 곳은 미국 애리조나에 있는 '애리조나 동물보호연합Arizona Animal Welfare League'이라는 자선단체입니다. 친구이자 미국의 유명 배우인 아만다 블레이크가 설립한 단체인데, 처음에는 서커스를 하는 동물들이 나이가 들어 은퇴했을 때 여생을 조금이라도 편안하게 보낼 수 있도록 보금자리를 마련해주는 일을 주로 했습니다. 역시 배우인 린다 에반스도 큰 도움을 주었지요. 아만다는 1989년에 세상을 떠났지만 이 단체는 지금도 그녀의 뜻을 이어 좋은 일을 많이 하고 있답니다.

서커스단에서 구출해낸 코끼리가 처음 집에 왔던 순간을 떠올리면 지금도 웃음이 납니다. 코끼리가 엄청 대식가잖아요. 어른 코끼리는 하루 평균 30킬로그램의 풀과 5~10킬로그램의 빵을 먹고 다양한 곡물과 간식에다 100~300리터의 물을 마십니다.

코끼리의 보금자리를 찾는 일도 쉽지 않았어요. 코끼리를 보살피는 일도 만만치 않은데다 법으로 규제하는 곳도 있으니까요.

이 코끼리를 맡아준 곳은 큰 목장과 울타리가 둘러쳐진 테니스장

이 있는 가정이었습니다. 그런데 단 며칠 만에 테니스장에 돋아난 풀과 울타리 너머의 모든 풀을 싹쓸이하다시피 먹어치웠습니다. 그 코끼리의 이름은 기억나지 않지만, 사람들이 테니스 치는 모습을 보며 무척 즐거워하던 표정은 또렷하게 기억납니다. 미스터 코끼리는 무지 심심할 때면 라켓과 공을 들고 '코끼리 스타일'의 테니스를 즐기기도 했습니다.

어느 날 아만다에게 전화가 걸려왔습니다.

"테니스장에는 이제 아무것도 남아 있지 않아요. 죄송하지만 이 코끼리를 데려가셨으면 합니다."

워싱턴 주로 거처를 옮기고부터는 전쟁과 자연재해 등 심각한 사건 사고를 겪은 지구촌에 필요한 구호품을 모아 보내는 비영리단체인 NPO(Non-Profit Organization) 프로젝트에 참가했습니다. 그때 나는 개인과 조직으로부터 기부받는 일을 맡았습니다. 지진이 발생한 지역에 의료품을, 아프리카 르완다에 재봉틀을, 가난한 나라 어린이들에게 교과서를 보냈습니다.

2004년 병원 내 감염으로 6개월 정도 입원했을 때는 내가 지내는 병원보다 자금이 부족한 의료 시설에서 가장 필요한 게 무엇인지 온몸으로 체험할 수 있었지요. NPO 프로젝트 활동에 참가하고 있었기 때문에 영세한 병원이나 시설에 필요한 기기를 모을 수 있었습니다.

아무리 일정이 빡빡해도 어려움에 처한 사람이나 동물들을 돕는 시간을 마련하고자 합니다. '주는 일과 받는 일'이라는 우주의 법칙과 함께 성장하고 싶기 때문이지요(115쪽 '주는 일과 받는 일' 참고).

하와이 섬에 둥지를 틀고 지낸다는 건 여러 의미에서 축복받은 일이지만, 사람들이 동물들을 함부로 대하는 모습을 보면서 실망스럽기도 했습니다. 동물을 위한 자선단체는 많지만 장애 동물을 돌보는 단체는 많지 않아요.

그래서 반려자인 루스, 친구인 조 아키노, 그리고 나 이렇게 세 사람은 '말라말라마 K9Malamalama K9'이라는 NPO를 설립하고 장애 동물 구제에 온힘을 쏟고 있습니다. 좀 더 넓은 보금자리를 마련해 장애를 가진 모든 동물을 돌보고 싶은 마음이 간절합니다.

주위에서 구제한 동물들을 돌봐주는 고마운 사람을 많이 봅니다. 지금 우리 집에도 강아지가 아홉 마리 있습니다. 물론 모두 가족이지요.

"동물한테 그렇게까지 해야 하나……."

이상하게 쳐다보는 사람들도 있습니다. 우리 세 사람은 다른 사람이 어떻게 생각하든 상관없다는 점에서 의견 일치를 보았습니다.

이해해주는 사람도 많고, 또 그렇게 부정적이지 않은 사람들에게 시선을 고정하면 된다고 봅니다. 타인을 비판하는 사람은 정말 시간이 남아도는 사람들입니다. 그 시간에 다른 의미 있는 일을 한다면 자신과 관계없는 일을 두고 옳다 그르다 평가하는 것 자체에 흥미가 사라질 텐데 말이지요.

건강이 나빠지면 사람들은 저마다 자신의 인생을 다양한 각도에서 다시 바라보게 됩니다. 당신도 건강이 좋지 않았던 시기에 인생에서 진정으로 가치 있는 게 무엇인지 깊이 통찰하게 된 것 같습니다.

지난 편지에서 자연을 둘러싼 느낌을 밝혔는데, 나도 많이 아팠을 때 비슷한 깨달음을 경험한 적이 있습니다.

당신도 나도 앞으로 어떻게 대처할 것인지, 끊임없이 선택해온 결과를 통해 경험이 성장의 기회라고 받아들일 수 있게 된 것이지요. 우리가 남보다 뛰어나다는 이야기가 아닙니다. 우리 둘은 모두 인생을 다른 관점에서 생각하는 기회를 타인에게 마련해주는 일에 열심히 매달리는 것 같아요.

편지에 가족에 대한 이야기도 있더군요.

가족은 크게 두 부류가 있다고 생각합니다. 유전적인 가족과 영적인 가족!

물론 나는 유전적인 가족보다 영적인 가족을 더 중시합니다. 영적인 가족은 스스로 의식적으로 선택하지만, 유전적인 가족은 영혼이 선택했기에 자신이 왜 그 가족을 선택했는지 기억하지 못하기 때문입니다.

다만 자신이 필요로 하는 경험을 받아들이고 가족이 필요로 하는 경험을 제공해주기 위해 영혼이 유전적인 가족의 구성원으로 선택했다는 사실은 잘 알고 있습니다. 가족이라고 해서 진정한 나를 포기하고 가족이 원하는 바를 충족시킬 수만은 없습니다.

당신이 감사히 여기고 당신에게 행복감을 선사하는 가족이 있다는 것은 크나큰 축복입니다. 모두 그런 경험을 선택하는 것은 아니니까요. 모든 사람들에게 주어진 커다란 과제는 가족이나 친구를 위해 참된 자신을 포기하지 않는 일입니다.

내가 마지막으로 발리에 갔던 건 1981년입니다. 지금은 그때와 많이 달라졌을 테지만, 시골 풍경은 변함없다는 당신의 촉촉한 시선이 참 좋았습니다.

발리에 있을 때 여러 마을을 돌아다녔는데, 특히 토착 샤먼을 만났을 때가 가장 기억에 남습니다. 바나나가 받은 따스한 치유의 시간도 분명 멋진 경험이었겠지요.

발리의 추억 가운데 지금도 또렷이 기억하는 이야기가 있습니다. 어느 가게에 들어갔는데 주인이 "필요한 게 있으면 가져가세요. 돈은 여기에 두시고요. 저는 제사에 가봐야 해서요"라며 홀연히 가게를 비우고 나갔던 일이었습니다. 요즘도 발리에서 이런 광경을 만날 수 있나요?

지금 우리는 자신의 라이프 스타일을 다시 진지하게 돌아보고 있습니다. 점점 더 많은 사람들이 인생의 관점을 바꿔 '내 에너지를 어디에 쏟을까?' 하는 문제에 대해 고민하는 것 같습니다.

잘사는 사회는 편리할지 모르지만 사람들로부터 행복을 위한 기본 조건을 너무 많이 앗아갑니다. 저마다의 라이프 스타일을 유지하기 위해 더 바쁘게 일해야 하고 전통 음악, 춤, 아트, 공예품, 기타 개인적인 여가 활동과 동호회 활동조차 즐길 시간이 없습니다. 하지만 재교육으로 지식사회가 첨단 과학기술과 영성을 융합하는 일은 충분히 가능하다고 믿습니다.

태국 음식점은 전에 당신이 추천했던 맛집을 말하는 거지요?

당신이 말한 '만약'은 정말 일리가 있다고 생각합니다. 음식점 주인의 선택은 기쁨과 행복보다 돈에 더 초점을 두었는지도 모릅니다.

돈 때문에 장사를 하는 것은 옳은 이유가 되지 못합니다. 영적 철학에서 말하는 성공이란 돈으로 결정되는 게 아니니까요.

성공이란 자신이 하는 일을 사랑하고, 일을 통해 감사의 마음을 맛보고, 기쁨으로 충만한 휴식의 시간과 일하는 시간의 균형을 적절하게 이루는 조화의 실현을 뜻합니다. 영적 철학에 따라 살다 보면 경제적으로 필요한 건 자연스레 충족됩니다.

소설가로서 당신의 성공은 단순히 경제적인 풍요로움뿐 아니라 사람들과 함께하는 기쁨과 통찰에 바탕을 두고 있습니다. 나는 당신이 가족과 친구들을 나 몰라라 하지 않으면서도 열심히 일하는 그 능력을 존경합니다. 바로 그것이 영적인 성공입니다.

잠시 멈춤 버튼을 누르고 우주 에너지의 흐름에 자신을 맡기는 경험은 아주 현명한 선택입니다. 앞으로 바나나가 해낼 더 많은 프로젝트에 집중할 수 있는 에너지가 충전될 뿐 아니라 육체적으로도, 정신적으로도 좀 더 편안한 느낌을 받을 수 있을 겁니다.

아울러 당신의 현명한 결정은 가족과 친구들에게 더없이 기쁜 선

물입니다. 왜냐하면 스트레스 없이 함께 지내고 기쁨을 나누는

시간을 좀 더 마련할 수 있을 테니까요.

"인생은 기쁨입니다. 인생을 축하해주세요."

나와 교감하는 영성 지도자의 말씀입니다.

도쿄에서 만날 날을 손꼽아 기다리며.

사랑과 축복을 담아, 윌리엄

우주에는 '주면 줄수록 받는다'는 법칙이 있습니다. 이는 물질뿐 아니라 격려, 사랑, 배려, 경험도 마찬가지입니다. 모든 것은 에너지입니다.

타인에게 경험을 선물하려면 무엇보다 자기 자신에게 솔직해야 합니다.

예를 들어 부모님이 지나치게 지배적이고 가부장적인 권위를 내세운다면 언제까지나 부모님의 지배에 순응하며 부모님이 쳐놓은 울타리 안에서 안주하는 삶을 이어나갈 게 아니라 부모님에게 자신의 솔직한 마음을 주저 없이 표현하는 겁니다. 그러면 오히려 자식은 지배하고 조종하는 존재가 아니라는 깨달음의 경험을 부모님에게 선사할 수 있습니다.

'나에게 어떤 가치가 있을까(예를 들면 나는 타인의 지배를 받지 않고 자유롭게 살아갈 만한 가치 있는 존재다)?'를 결정한 다음 그 믿음대로 행동하면 상대방에게 생각하고 성장할 기회를 줄 수 있습니다.

한편 당신의 솔직한 표현으로 상대방이 성장하느냐, 그렇지 않느냐는 당신과 전혀 상관없는 일입니다. 중요한 건 참된 자신으로 살아가면 스스로 균형과 조화로운 인생을 영위할 수 있다는 의식입니다. 그와 동시에 주위 사람들에게도 성장할 기회를 제공하는 일입니다.

타인에게 경험을 주면 줄수록 자신도 더 많은 경험을 부여받아 균형과 성장을 실현할 수 있습니다. 바로 이것이 모든 면에서 풍요로운 삶을 영위하는 지름길입니다.

인생에 찾아오는 경험을 거부하지 말고 기꺼이 받아들이세요.

많은 사람들이 경험을 단순히 경험이라고 생각하지 않습니다. 본인의 잣대로 좋은 경험, 나쁜 경험으로 구분해서 좋은 경험은 받아들이지만 나쁜 경험은 받아들이고 싶지 않다고 생각합니다.

거듭 되풀이하지만 경험을 통해서만 우리는 균형과 성장을 실현할 수 있습니다. 이번 생에서 경험을 피한다면 균형과 성장을 위해 다음 생에서 반드시 같은 경험에 직면하게 됩니다. 경험을 피하면 다람쥐 쳇바퀴 돌듯 생을 되풀이하게 되는 것입니다.

모든 경험을 다 좋아하지 않아도 괜찮습니다. 중요한 것은 그 경험에서 당신이 어떻게 대처하고 대응했느냐는 것입니다.

모든 경험은 균형과 조화를 위해 찾아오는 것이지 절대 우연이
아님을 잊지 마세요.

당신의 영혼은 당신에게 극복할 수 없는 경험을 떠맡기지 않습
니다. 어떤 경험이라도 반드시 대처할 수 있고 극복해낼 수 있습
니다.

모든 상황에서 '주는 일과 받는 일'을 의식적으로 실천하면 인생
은 더 크고 더 힘차게 변모할 것입니다.

지금 이 순간을
살아가기 때문에

인생은 온갖 모험의 연속입니다.
그 모험은 영적이고도
정신적인 성장으로 이어집니다.

지금 우리가
할 수 있는 일

'인생에서 많은 일을 척척 해치울 수 있을 만큼 주어진 시간이 넉넉한 것은 아니다. 그러니 정말로 하고 싶은 일을 열심히 해내야 한다. 만약 우선순위가 이게 아니다 싶으면 진지하게 다시 생각해보는 게 바람직하다'는 가치관을 내 마음속에 깊이 새겨봅니다.

요시모토 바나나

"무언가를 바꿀 수 있는 큰 힘이 나에게는 없어요"라고 말하는 사람이 있습니다. 이는 "작은 일은 가치가 없어요"라고 말하는 것과 똑같습니다. 내 주위에서 무슨 일이 일어나고 있는지를 관찰하는 태도로 마음가짐을 바꾸면, 아무리 사소한 일이라도 주위에 커다란 영향을 끼치고 긍정의 에너지를 널리 전파할 수 있습니다.

윌리엄 레이넨

윌리엄에게

잘 지내시죠? 일본은 무지 덥답니다.

날씨가 너무 더워서 사람들이 서로 으르렁대고 있어요. 운전도 무서울 정도로 난폭하게 하고요.

하지만 오늘은 조금 선선한 바람이 분답니다.

이 편지를 쓰고 나면 훌라춤을 배우러 갈 거예요.

바닷가에 앉아 있으면 훌라춤을 추는 건가 싶은 차림의 여자아이들을 많이 본답니다. 그런데 정말 춤을 추는지 아닌지는 단박에 구별할 수 있어요.

훌라춤을 추고 있는 사람은 시선을 저 멀리 던지며 자세도 많이 다릅니다. 그런 모습을 지켜보노라면 속마음이 자세와 행동으로 그대로 드러난다는 생각이 절로 듭니다.

지난 편지에서 내가 좋아하고 윌리엄에게도 소개했던 태국 음식점 이야기를 했지요. 잘은 모르지만 그 음식점 부부가 단순히 돈 때문에 가게를 꾸렸던 건 아닌 것 같아요.

그렇다고 갈라서게 된 계기를 바쁜 일상이나 자연을 접할 수 없는 숨 막히는 생활 탓으로만 돌릴 수도 없을 것 같고……. 아무튼 여러 문제가 서로 복잡하게 얽혀 있지 않을까 싶습니다.

지금 일본에는 이와 비슷한 문제들이 빈번하게 일어나고 있습니다.

젊은이들은 정말 열심히 성실하게 일하느라 제대로 쉬지도 못하는데, 정작 시간이 흘러도 생활은 전혀 나아지지 않는다는 문제 말이에요.

마음에 여유를 갖고 지낼 시간도, 자연을 감상할 시간도 없고 사랑하는 사람이나 가족과 함께 보낼 시간도, 그리고 돈도 없다는 이야기를 자주 듣습니다.

며칠 만에 만나도 서로 너무 지쳐서 힘들다는 불평만 늘어놓는 커플이 주위에 아주 많습니다.

새로운 빈곤층이 생겨나고 있는 일본은 그에 따른 문제가 아주 심각합니다.

요즘 일본에서 화제가 되고 있는 뉴스는 술집을 하던 젊은 엄마가 아이들을 집에 버려두고 가출하는 바람에 결국 어린 아이 둘이 죽고 말았다는 슬픈 이야기입니다.

두 아이 모두 벌거벗은 채였고, 텅 빈 냉장고에는 손자국이 남아 있었다고 합니다. 너무 안타까운 사건이라 말도 제대로 안 나오고, 이웃 사람들이 전혀 몰랐다는 사실도 기가 찹니다. 게다가 그렇게 아이들을 버릴 수밖에 없었던 그 엄마의 인생도 불쌍하고요. 돌봐줄 어른이 주위에 단 한 명도 없었을까 하는 안타까운 질문만 쏟아내고 있답니다.

내가 태어나고 자란 고향은 형편이 넉넉한 부촌은 아니었지만 시대가 시대였던 만큼 아이들이 한 시간 넘게 울어대면 이웃의 누군가가 반드시 들여다봤지요. 만약 아이들만 있으면 그 부모가 돌아올 때까지 돌봐주기도 했습니다.

몇 시간이 지나도 엄마가 돌아오지 않으면 이웃은 아이들에게 먹을 것을 가져다주었어요. 아이들의 엄마는 다음 날이 되면 그 이웃 사람에게 고맙다는 인사와 함께 사정을 설명했지요.

부모가 맞벌이를 해서 집에 아이들만 있으면 이웃에서 그 아이들을 세심하게 챙겨주기도 했습니다.

이제 그런 시대는 끝난 걸까요?

사람들의 인생관이나 가치관이 미묘하게 변해가는 시대라고는 하지만 돈, 무기의 수출입, 선진국의 착취 등 심각한 문제를 떠올리

면 아무것도 하지 않은 채 모른 척 뒷짐만 지고 있는 건 옳지 않다는 생각이 듭니다. 그래서 지금 할 수 있는 작은 일부터 차근차근 해나가려 합니다.

내가 할 수 있는 작은 일이 주위 사람들에게 좋은 영향을 끼친다면 미약한 힘으로도 많은 일을 해낼 수 있다고 믿습니다.

우리 집 근처에 골동품과 고서를 파는 가게가 있었습니다. 그 앤티크한 가게에 가면 물건을 사지 않아도 가게 주인이 차를 대접하거나 아이에게 보디페인팅을 해주곤 했습니다.

오늘날 일본에서는 가게 주인이 어린 아이들을 그다지 달가워하지 않는데(확실히 장난이 심한 아이들이 늘어났고, 심지어 물건을 부수기도 하니 가게 주인은 당연히 반갑지 않겠죠!) 그 가게는 아주 자연스럽게 아이들을 반겨주었습니다.

안타깝게도 요즘처럼 먹고살기 어려운 시대에 그런 가게를 운영하기가 어려웠는지 이미 오래전에 그 가게는 문을 닫고 말았습니다.

발리에서 비슷한 가게들을 많이 봤습니다. 과연 장사가 될까 싶은 곳도 있었지요. 분명히 여러 어려움이 있겠지만 가게 앞에 사람들이 있어 어찌어찌 하루를 보내고, 가족들과 식사를 하고…… 저렇게 하루하루를 지내도 괜찮지 않을까 싶은 가게 말이지요.

이런 삶이 좋다거나 나쁘다는 판단을 떠나 아시아 스타일의 장점을 재조명하고 싶습니다. 물론 마음이 밖으로만 향하면 관심을 끌기 어렵겠지만요.

전혀 다른 이야기만 주위를 돌아보면 돈이 많으면서 행복한 사람은 많지 않은 것 같아요.

특히 아이들 문제와 관련해서는 더욱 그런 것 같습니다. 예를 들어 의사 부부가 아이를 낳았습니다. 둘 다 바쁘니까 보모가 대신해서 아이들을 키우지요. 아이들이 어느 정도 자라면 스위스나 영국으로 유학을 보냅니다. 그리고 그 아이가 어른이 되어 의사가 되고……. 물론 의사라고 해서 아이들에게 신경을 쓰지 않는다는 건 아닙니다. 편견일지도 모르지만 어쩐지 우선순위가 바뀐 것 같다는 느낌이 들 때가 있습니다.

역시 의사라는 직업은 인간의 생명을 구하는 일에 진심으로 정성을 다하는 사람들이 가졌으면 하는 바람입니다.

여하튼 집집마다 문제없는 가정은 없으니 쉽게 왈가왈부할 수 있는 일은 아닌 것 같아요. 역시 결국엔 한 사람 한 사람이 어떻게 살아가느냐 하는 문제가 남는 것 같습니다.

다만 '인생에서 많은 일을 척척 해치울 수 있을 만큼 주어진 시간이 넉넉한 것은 아니다. 그러니 정말로 하고 싶은 일을 열심히 해내야 한다. 만약 우선순위가 이게 아니다 싶으면 진지하게 다시 생각해보는 게 바람직하다'는 가치관을 내 마음속에 깊이 새겨봅니다.

전적으로 이 문제는 저마다 처한 상황에 따라 다르겠지요.

바쁘게 사는 워커홀릭 남자가 역시 활동적인 여자와 결혼해서 두 사람 모두 열심히 일하며 화목하게 지내다가 아이를 낳습니다. 어쩔 수 없이 아이를 도우미에게 맡기지만 나름 가족과 함께하는 시간을 충분히 갖고 회사 일도 술술 잘 풀린다면…….

그런 균형을 이룬다면 더할 나위 없이 좋겠지만 대부분의 가정은 균형과 조화를 꾀하지 못하고 누군가에게 일방적으로 부담을 떠넘기거나 희생을 강요하게 됩니다.

그게 누구라 하더라도 큰 부담과 희생은 반드시 다음 세대에 영향을 끼칩니다.

나쁜 영향이 인간의 진화로 이어진다면 너무너무 슬픈 일이지요.

그러니 새로운 시대에는 저마다의 가치관을 실현할 수 있는 가정을 꾸리거나, 혹은 꾸리지 않는 선택을 하거나, 아니면 여러 복잡한 상황에서 단순한 결정을 켜켜이 쌓아가는 일이 필요하다고 생각합니다.

할 수 있는 일을 하며 사는 당신을 항상 존경합니다.

나의 반려자 다하타 히로요시(근육이완요법의 일종인 롤핑Rolfing 치료사로 일본에서 명성을 떨치고 있다 - 옮긴이)가 당신의 뭉친 근육을 풀어주면서 감동했다고 합니다. 그렇게 아픈 다리와 몸으로 비행기를 타고 일본에 온 것만으로도 대단한 분이라고요.

나도 늘 그렇게 생각합니다.

대단한 일을 해낼 수 있는 이유는 당신이 항상 지금 이 순간을 살아가기 때문이 아닐까요?

당신을 본받아 나도 하루하루를 온전히 살아가겠습니다.

건강 조심하시고요. 당신을 위해 늘 기도합니다.

사랑을 담아, 바나나

바나나에게

바나나가 일본에서 접하는 부정적인 말과 행동을 지금 전 세계인들이 보고 듣고 있습니다.

지구가 온난화를 겪는 게 처음 있는 일은 아니지만, 인간의 라이프 스타일 때문에 온난화 현상이 가속페달을 밟고 있다는 데 문제가 있습니다.

많은 과학자들은 오랜 빙하기 뒤에는 완만한 온난화 시기로 접어들 거라고 예측했습니다. 그런데 석유 남용, 산림 벌채, 농약 살포, 인구 증가 등으로 지구촌 곳곳에서 온난화 현상이 급속하게 진행되고 있습니다. 이는 지구의 다음 세대를 짊어질 아이들에게 매우 심각한 문제입니다.

에어컨이 개발되기 전, 사람들은 무더위와 함께 살아가는 방법을 배웠습니다. 마찬가지로 오늘날의 기후와 경제 상황, 건강에 적응하는 일을 배우지 않으면 육체적으로, 정신적으로 균형이 깨집니다. 균형이 깨지면 다양한 상황에 처했을 때 스스로 어떻게 반응해야 하는지 제대로 제어되지 않아 자신도 모르게 부정적인 모습으로 과잉 반응을 하게 되지요.

당신의 말처럼 훌라춤의 진정한 의미를 모른 채 단순히 몸을 흔드는 사람이 많아요. 마찬가지로 깊고 오묘한 뜻을 이해하지 않은 상태에서 요가, 초능력 계발, 마사지 테라피를 배우는 사람들도 있지요.

하와이 섬의 원주민들이 수많은 전설이나 이야기, 그리고 의식을 훌라춤으로 표현하는 광경을 접하면 실로 신기하고 흥미롭습니다. 하와이 섬을 벗어나면 새로운 삶이나 사고방식을 배워야 한다는 사실을 인식하지 않은 채 단순히 훌라춤만 배우는 사람들이 적지 않습니다.

선진국에는 전통이나 영적인 이념의 영향을 받아들이지 않고 살아가는 사람이 많습니다. 커리어와 돈에 초점을 맞춰 자신의 인생으로 태어난 진정한 이유를 무시해버립니다.

"사람들이 서로가 서로를 돌봐주고 보듬어주는 일에 흥미를 상실했다"는 당신의 메시지는 내 마음에도 깊이 와닿았습니다. 내가 어렸을 때, 그러니까 바나나가 태어나기 훨씬 이전에 공동체는 생활하는 데 아주 중요한 부분이었습니다.

대가족 형태에서는 가족 구성원 가운데 누군가가 힘들면 얼마든지 서로 도울 수가 있습니다.

우리 인간은 하나의 큰 대가족입니다. 당신은 그 가족을 위해 여러 가지 일과 작은 배려를 베푸는 것의 중요성에 대해 이야기했지요.

"무언가를 바꿀 수 있는 큰 힘이 나에게는 없어요"라고 말하는 사람이 있습니다. 이는 "작은 일은 가치가 없어요"라고 말하는 것과 똑같습니다.

내 주위에서 무슨 일이 일어나고 있는지를 관찰하는 태도로 마음가짐을 바꾸면, 아무리 사소한 일이라도 주위에 커다란 영향을 끼치고 긍정의 에너지를 널리 전파할 수 있습니다.

예를 들어 이웃 사람에게 "안녕하세요?" 하며 인사하고, 문을 열어준 사람에게 "고맙습니다!"라고 감사의 말을 전하는 데 엄청난 시간이 필요한 건 아니지요. 하지만 기분 좋은 느낌, 긍정의 에너지는 주위로 넓게넓게 퍼져 나갑니다.

돈을 주고 남에게 집안일을 맡기는 것도, 누군가에게 일거리를 주는 것이므로 좋은 쪽으로 생각할 수 있습니다. 다만 이를 가족에 대한 책임을 등한시하는 변명거리로 삼아서는 안 되겠지요.

아이들, 가족들, 친구들과 함께하는 일이나 취미 활동에 시간을 투자하지 않는 사람들을 향해 나는 "당신은 살아 있는 이유를 부정하고 있어요"라고 따끔하게 말합니다.

남한테 아이를 맡기는 부모들에게 한 가지 제안을 하고 싶습니다. 아이에게 언제 심리 상담 비용이 필요할지 모르니 미리 돈을 저축해두라고 말입니다.

제2차 세계대전 이후 많은 사람들이 풍요로운 생활에 집착하면서 '공동체는 가족'이라는 가치관이 무너졌습니다.

나는 '공동체는 가족'이라는 이상향을 포기할 마음이 추호도 없습니다. 누구나 자기 주위에서 일어나는 일에 주의를 기울이면 이상향을 실현할 수 있습니다.

마을, 도시, 국가는 모두 가족이라고 생각합니다. 내가 그리는 가장 큰 이미지는 '모든 인간은 한 가족'이라는 그림입니다. 가족이라면 적어도 서로 물어뜯고 싸우지는 않겠지요.

지난 편지에서 당신이 말한 아이를 버리고 간 엄마의 사연과 비슷한 일이 미국에도 있었습니다. 최근에는 양육의 부담감을 견디지 못하고 두 아이를 죽인 엄마의 이야기가 연일 보도되기도 했습니다.

아무도 이 여성과 대화하지 않았고, 남의 일에 참견하지 않겠다는 무관심으로 인해 '뭔가 잘못되었다'는 경고 신호를 누구도 눈치채지 못했던 거지요.

자신이 원하는 바나 갖고 싶은 것만이 아니라 주위 사람의 바람에도 주의를 기울이며 서로서로 도와야 합니다. 아울러 당신이 지난 편지에서 토로한 이야기에 전적으로 동감합니다.

장애인에게도 무관심과 무배려로 일관하는 사람이 참 많습니다. 실제로 일본이나 미국에서도 장애인인 나에게 둔감하게 행동하는 사람을 많이 만났지요. 캐나다 국민들은 장애인을 배려하는 의식이 높은 편인데, 가장 세심하게 배려해주는 나라는 멕시코라고 생각합니다.

당신이 글쓰기를 통해 이루는 위업 가운데 하나는 독자들이 스스로에게 '내 인생에 무슨 일이 일어나고 있을까? 내 주위에서는 무슨 일이 일어나고 있을까?'라는 진지한 질문을 던질 수 있도록 계기를 마련해준다는 사실입니다. 이는 우리 모두가 가족임을 사람들에게 재교육하는 아주 훌륭한 방법입니다.

일본을 방문할 때마다 정말 기쁜 마음으로 당신의 반려자인 히로요시에게 롤핑을 받고 있지요. 히로요시가 훌륭한 이유는 롤핑 치료를 할 때 영적인 관점을 갖추기 때문입니다.

대부분의 치료사는 특정 문제를 해결하고, 또 나름 필요하다고 생각하는 문제에 멋대로 초점을 맞추고 싶어 합니다.

반면에 히로요시는 한 사람 한 사람의 육체와 영혼을 위해 에너지를 나눈다는 참된 의식을 가지고 있습니다. 단지 에너지를 나누어 주기만 하고, 저마다의 영혼이 자유롭게 가장 적절한 방법으로 그 에너지를 직접 사용하도록 이끌어줍니다. 히로요시는 영혼을 치유해주는 치유사입니다.

물고기자리 시대의 치유사는 치유를 행함으로써 눈에 보이는 결과를 좇았습니다. 굳이 바꾸지 않아도 되는 카르마까지 해결하려 하거나 바꾸려고 집착했습니다.

물병자리 시대에는 긍정적인 에너지를 나누고 모든 사람이 영혼의 성장을 위해 저마다 필요한 경험을 맛보게 하는 일이 가장 중요합니다.

발리를 비롯해 세계 도처에는 치유사와 샤먼이 귀한 대접을 받으며 활동하고 있습니다. 그들은 돈에 연연하지 않습니다. 물질적으로 필요한 부분은 우주가 도와준다고 믿기 때문입니다.

한편 캐나다에 사는 어느 남자 치유사는 치유의 대가를 받지는 않지만 자신의 생계를 위해 하루 종일 일을 합니다.

그에게 개인 상담을 받으려면 몇 날 며칠을 기다려야 한다며 투덜대는 사람도 많습니다. 하지만 불평불만을 제기하는 사람은 치유 과정 후 자신이 무언가를 지불하지 않으면 그 치유사가 풀타임으로 계속 일해야 한다는 사실을 한 번쯤은 떠올려야 하지 않을까요?

미국에서는 타인에게 부정적인 영향을 끼치는 아주 심각한 문제에 대처하기보다는 기본적인 인권에 더 많이 분노하고 논쟁하고 있는 듯합니다.

지금 미국의 가장 큰 이슈는 동성 간의 결혼과 오바마 대통령이 어떤 종교를 믿느냐 하는 겁니다.

이런 논쟁을 보면서 사람들은 중요한 문제를 해결하는 대응책에서 도피하고 있다는 생각이 들었습니다. 미국에도 분명 굶어 죽는 아이들이 있지만 그런 문제는 여전히 뒷전입니다.

'○○교는 좋다, ××교는 나쁘다', '이성애는 바람직하다, 동성애는 바람직하지 못하다'라는 식의 부모나 사회가 심어준 가치관이나 이해관계에 얽매여 정말 중요한 문제를 해결할 시간과 에너지를 소모하고 있습니다.

이렇게 엉뚱한 곳에 시간과 에너지를 낭비하는 사람은 자신의 균형과 성장을 이루는 경험을 자유롭게 불러올 수 없습니다.

사람은 경험을 통해 배웁니다. 예를 들어 남 앞에 섰을 때 어떻게 대처하면 좋은지 전혀 경험이 없는 아이들은 아무것도 배울 수 없습니다.

남녀노소를 불문하고 오늘날에는 성장을 실현할 수 있는 경험을 외면하고, 또 외면당하며 살아갑니다.

어떤 일을 해보고 싶다고 생각했다면, 그것이 무엇이든 자신의 관심사에 솔직하게 반응해 직접 경험해보면 됩니다.

남들이 이상하게 생각하니까, 부모님이 반대하니까, 계속하지 못할 테니까, 싫증날지도 모르니까 등등 전혀 문제가 되지 않는 일에 집착해 항상 똑같은 상황을 되풀이한다면 절대 성장할 수 없습니다.

인생에서 찾아오는 모든 경험을 기꺼이 즐겨야 합니다. 자신이 부정적으로 반응하지 않는 한 이 세상에 나쁜 경험은 없습니다.

사랑과 축복을 담아, 윌리엄

바꿀 수 있는 것을 바꾸어가는 용기와,
바꿀 수 없는 것을 받아들이는 겸허한 마음과,
바꿀 수 있는 것과 바꿀 수 없는 것을
구별할 줄 아는 지혜를 주시옵소서.

내면에 숨겨진 보석을
찾아낼 수 없다면

인생의 모든 측면에서
자신의 몸을 알고
자신의 몸에
귀를 기울여야 한다는 것은 진실입니다.

영성,
그리고 치유

내가 느낀 바로는 모든 일의 반은 수동적으로, 또 나머지 반은 스스로 정해지며 그 균형 가운데 흘러가거나 일이 진행되도록 주의 깊게 지켜본다면 대부분은 자연스럽게 앞으로 나아간다는 사실입니다. 그 자연스러움에서 조금이라도 탈피했을 때, 바로 거기에 카르마적인 존재가 생겨나는 게 아닐까요?

요시모토 바나나

영적인 에너지는 배우려고 해도 배울 수 없습니다. 영적인 힘은 저마다의 영혼이 균형을 향해 자신의 길을 걸어가는 동안 쌓이는 것입니다.

윌리엄 레이넌

윌리엄에게

치유와 치유사, 그리고 돈 이야기는 무척이나 어렵네요.

나와 내 가족을 위해서라면 엄청난 에너지를 발휘할 수 있다고 봅니다. 이는 전 세계 어머니 혹은 아내, 남편이 가정을 영위하는 근거이기도 하지요.

너무 당연한 일이라서 화제가 되지 않는지도 모릅니다.

그리고 그 엄청난 에너지가 가정의 울타리를 넘어 보편화되어 타인을 위해서도 사용할 수 있게 됩니다. 이때 이를 직업으로 삼아 돈을 받을 것인지, 아니면 다른 직업을 갖고 업무 시간 외에 치유를 할 것인지는 가치관이나 사고방식, 시대에 따라 그 이야기가 달라질 수밖에 없습니다. 그렇기에 천편일률적으로 말할 수 없는 문제라고 생각합니다.

곁에서 지켜보면 히로요시는 돈을 벌기 위해 롤핑 치료를 하는 것은 아닌 듯합니다. 이는 당신에게 소개한 침술사도 마찬가지라고 믿습니다.

내가 그들을 좋아하는 이유는 정해놓은 최소한의 치료비를 받지만 매순간 최선을 다하고, 또 그 안에서 욕심 내지 않으며 자신의 사생활을 확실하게 지켜나간다는 점입니다.

당신이 아픈 몸을 이끌고 어렵게 어렵게 일본을 찾고 있는 것처럼, 일본인들이 당신을 만나러 하와이 섬으로 가는 것 또한 당신이 존재하고 말을 걸고 또 일깨움을 선사함으로써 저마다 자신의 내면 깊은 곳에 숨겨진 보석을 찾아낼 수 있다는 점에서 매한가지가 아닐까 합니다.

내가 알고 지내는 사람은 당신과 개인 상담을 하면서 이혼을 결심했지요. 이혼 이후에도 조금 고생했는데, 상담 때 당신이 건넨 소중한 조언을 가슴에 품고 온갖 어려움을 헤쳐온 끝에 이번에 재혼을 하게 되었습니다. 행복해하는 그의 모습을 보면서 당신이 정말 많은 사람들에게 소중한 것을 일깨워주고 있다는 생각에 울컥 눈물이 났습니다.

내가 느낀 바로는 모든 일이 반은 수동적으로, 또 나머지 반은 스스로 정해지며 그 균형 가운데 흘러가거나 일이 진행되도록 주의 깊게 지켜본다면 대부분은 자연스럽게 앞으로 나아간다는 사실입니다.

그 자연스러움에서 조금이라도 탈피했을 때, 바로 거기에 카르마적인 존재가 생겨나는 게 아닐까요?

옛날처럼 가족을 치유하는 영험한 능력을 가진 사람의 영적 치유력이 온 마을에 소문으로 퍼져 그가 할 수 있는 범위에서 치유를 해나가는, 그런 자연적인 시간의 흐름을 요즘 시대에 기대할 수는 없겠지요.

하지만 인터넷의 발달로 멀리 떨어진 곳에 사는 같은 파동, 같은 뜻을 가진 사람과 빠르게 이어질 수 있다는 점은 현대의 장점이 아닐까요?

저 멀리 작은 마을에 있는, 언어도 통하지 않는, 평생 한 번도 만날 리 없는 사람들과 무언가를 나눌 수 있는 일, 이것이 진정한 영적 세계라고 생각합니다.

어느 시대가 더 좋고 더 나쁘냐의 문제가 아니라 육체의 한계에서 벗어나 '치유사가 자신의 인생과 균형을 맞춰 인터넷의 바다에서 타인을 도울 수 있다면 그게 가장 바람직한 영성의 세계가 아닐까?'라는 지나친 이상향을 떠올려봅니다.

옛날처럼 실제 그 장소에 존재하지 않더라도 인터넷 세상에서 마음을 나누고 싶은 사람 곁으로 시공을 초월해 날아갈 수 있다는 사실은 정말 멋진 일이라고 생각합니다.

그도 그럴 것이 인터넷이 없다면 지금 이렇게 당신과 이야기를 나눌 수도 없을 테니까요.

하지만 요즘 같은 시대에는 자신이 어디에, 어떻게 연결되고 싶은지 스스로 확실하게 의식하지 않으면 엉뚱한 곳으로 흘러갈 수 있지요. 더 이상 몸의 소리를 들을 수 없게 되었으니까요.

몸을 소중히! 그리고 일본 방문, 정말 애쓰셨습니다.

당신이 강아지들과 싸우지 않고 평화로운 나날을 보낼 수 있기를, 그리고 행복하게 지낼 수 있기를 기도합니다.

바나나

당신은 우주의 에너지 흐름과 함께
자연스럽게 살아가는 사람입니다.
타인의 생각을 옳다거나 혹은 틀리다고 단정 짓지 않으며
그 사람을 있는 그대로 받아들이는 사람입니다.

바나나에게

하와이 생활은 하와이만의 시간에 따라 흘러갑니다. 국제 뉴스나 미국 본토의 뉴스를 보고 있지만 나의 시간은 하와이 섬의 에너지와 함께 나아갑니다.

바나나를 비롯해 몇몇 사람이 나에게 현실 세계에서 무슨 일이 일어나고 있는지 깊이 생각하게 합니다. 이는 아주 재미있는 일입니다.

왜냐하면 분명 현실 세계이긴 하지만 그들은 저마다 자신이 생각하는 현실 세계에서 살아가고 있기 때문입니다.

사회에 따라, 세대에 따라 다른 관점에서 사물을 바라봅니다.

어떤 장소에서는 문제가 되는 부분이 다른 곳에서는 전혀 문젯거리가 되지 않습니다. 어떤 모임에서는 옳은 일이 다른 모임에서는 나쁜 일로 전락하기도 합니다.

우리가 진정한 현실 세계를 파악하는 게 과연 가능할까요?

사람들이 아버지와 어머니가 현실로 드러내는 에너지를 이해하지 못한다는 당신의 이야기에 나도 동감합니다. 그와 같은 부모의 영적인 에너지는 배우려고 해도 배울 수 없습니다. 영적인 힘은 저마다의 영혼이 균형을 향해 자신의 길을 걸어가는 동안 쌓이는 것입니다.

가족의 울타리를 넘어 영적인 치유를 베풀고자 결심했을 때, 그렇게 하고 싶은 자신의 동기와 의도를 정확하게 간파하는 일이 무엇보다 중요합니다.

세상에는 치유사를 자청하는 사람이 많지만 진정한 영적 치유사는 드뭅니다. 돈을 원하거나, 유명해지고 싶거나, 자신이 특별한 사람이라고 인정받고 싶은 이기적인 자아를 앞세우는 사람들이 대부분입니다.

바나나가 소개해준 두 명의 일본인 치유사는 참된 치유사의 소임을 묵묵히 수행하는 사람들입니다. 두 사람 모두 객관적이며 개인적인 생활과 치유 업무를 구별할 줄 아는 스마트한 치유사입니다.

치유하는 동안 자신의 개인적인 문제에 휘둘리지 않으며, 반대로 의뢰인의 문제나 부정적인 에너지를 자신의 가정에까지 끌어들이지도 않습니다. 그들은 오로지 치유에 전념합니다.

영적인 치유 에너지를 건네받았을 때 무언가 보답해야 한다는 사실을 많은 사람들이 이해하지 못하는 것 같습니다.

영적인 일을 하는 사람은 절대 대가를 받아서는 안 된다고 주장하는 사람도 많습니다.

하지만 치유를 행하는 치유사도 현대 사회에서 살아가는 한, 보통사람들과 마찬가지로 얼마간의 돈이 필요하고 책임져야 할 의무도 있게 마련입니다.

만약 주머니 사정이 넉넉하지 못하다면 자원봉사 형태로 치유사를 도울 수도 있고 공동체나 가족, 친구, 동물, 식물을 위해 행동하는 형태로 보답할 수도 있습니다.

일본 방문은 육체적으로 부담이 되긴 하지만 많은 분들이 전해주는 사랑과 기쁨 덕분에 잘 견뎌내고 있습니다. 하와이에서건 일본에서건 어디에 있더라도 나는 통증을 느낍니다. 그렇다면 에너지를 주고받는 멋진 경험을 할 수 있는 장소에 머무는 쪽이 낫겠지요.

얼마 전에 일본인 일행이 하와이를 찾았는데, 그때 모두 멋진 경험을 했습니다.

모두가 나한테 받았듯이, 나도 모두로부터 받았습니다. 하지만 이런 이야기를 해도 내가 무슨 말을 하는지 전혀 알아채지 못하는 사람들이 있었습니다.

내가 도움이 되었음을 언어로 표현해주는 사람을 만나면 나는 긍정적인 에너지를 선물 받습니다. 나는 내 방식대로, 당신은 당신 방식대로, 그리고 지난번에 이야기한 치유사들은 그들마다의 방식대로 타인과 에너지를 나누어갑니다.

바나나는 우주의 에너지 흐름과 함께 자연스럽게 살아가는 사람입니다. 타인의 생각을 옳다거나 혹은 틀리다고 단정 짓지 않으며 그 사람을 있는 그대로 받아들이는 사람입니다.

영성 치유사나 초능력자도 다른 밥벌이를 하면서 짬나는 시간에 영적인 일을 해야 한다고 주장하는 사람들이 있습니다.

그 사람들이 그렇게 말하는 까닭은 영적인 일에 쓰는 에너지와 보통 일에 쓰는 에너지가 다르다는 사실을 이해하지 못해서입니다.

일상 업무를 마친 다음에는 너무 피곤해서 영적인 일을 할 수가 없습니다.

이런 육체적인 한계를 훤히 꿰뚫고 있는 영혼 치유 전문가도 타인이 도움을 청하면 "노!"라고 단칼에 거절하기란 어렵습니다.

나도 몸 상태가 좋지 않을 때 "(영적인 일은) 어렵습니다"라고 거절

하는 경우가 있는데, 사람에 따라서는 자신의 바람을 거부당했다고 생각해 내게 죄책감을 맛보게 하려고 용을 쓰는 경우도 있습니다.

내가 몰두하는 프로젝트 가운데, 다양한 치유를 직업으로 삼는 사람들이 필요로 하는 것을 존중할 수 있도록 많은 사람들에게 그 구체적인 방식을 일깨워주는 주제가 있습니다.

오랫동안 나는 인터넷을 무시해왔지만 이제는 온라인 소통 시대에 적극 참여하기로 결심했습니다. 인터넷은 충분히 가치가 있다는 현실을 깨달았습니다.

"인터넷이 모든 사람들에게 선사하는 커다란 가치"라는 당신의 코멘트에 나도 전적으로 동감합니다.

아울러 어떤 식으로 인터넷과 연결되고 싶은지를 명확하게 의식할 필요가 있겠지요. 이는 굉장히 중요한 문제입니다. 그리고 인생의 모든 측면에서 자신의 몸을 알고 자신의 몸에 귀를 기울여야 한다는 건 진실입니다.

어릴 때, 자기 자신을 좋아하고 자신을 신뢰하는 일을 가르치지 않으면 어른이 되어 몸의 소리에 귀 기울이기가 굉장히 힘이 듭니다.

내가 워크숍이나 책에서 추천하는 영적 트레이닝에 오감을 사용하는 훈련법이 있습니다.

추측컨대 많은 아이들이 오감의 가치를 배우지 않고 곧장 어른이 되는 탓에 그것이 결과적으로 성인의 육체적이고 감정적인 문제를 일으키지 않을까 싶습니다.

윌리엄

자신을 들여다보고
마음을 열어두면

모든 것을 경험해보세요.
경험을 불러올수록
인생은 풍요로워집니다.

지금 이 순간을
느끼는 행복

앞으로의 아이들은 오감을 소중히 여기며 인터넷 세계와 연결되어야
할 테지만, 이는 어떤 의미에서 또 하나의 차원이 출현하고 있음을
뜻하는 것 같아요. 육체와의 고리가 점점 중요해지고 있습니다.

요시모토 바나나

누구나 자신의 인생에서 실현할 수 있는 재능과 능력을 갖고 태어납
니다. 타인과 비교하거나 누구처럼 되려고 하지 않는 게 중요합니다.
그러면 저마다 가진 목적을 실현해나갈 수 있습니다. 모든 인간은
다르니까요.

윌리엄 레이넨

윌리엄에게

새해가 밝았습니다.

좋은 한 해 맞이하길 진심으로 기도합니다.

출산할 때 고관절에 무리가 가는 바람에 몇 달 동안 제대로 서 있
지도 못할 만큼 통증이 심했습니다. 당신의 고통을 조금이나마
이해할 수 있었지요.

그때는 무엇을 해도 고통, 통증이라는 단어에만 사로잡혀 다른
일은 전혀 생각할 여유가 없었던 것 같아요.

그럼에도 항상 힘이 넘치고 앞을 향해 살아가는 당신을 떠올리면
진심으로 존경의 마음이 생겨납니다. 내가 할 수 있는 일이라고는
좋은 에너지를 보내는 정도에 그치지만요.

지극히 일상적인 농담을 주고받으며 이토 씨와 환하게 웃는 당신
을 보고 있으면 정말로 마음이 따뜻해지고 행복해집니다.

걸쭉한 농담을 나누어도 결코 천박하지 않으며 두 사람의 미소는
항상 반짝반짝 빛이 납니다.

나에게도 팬이라고 부를 만한 분들이 있어서 힘들 때마다 그들에게서 큰 힘을 얻습니다. 하지만 함께 있을 때 항상 긴장을 늦추지 않고 내가 무언가 말하기만을 기다릴 뿐 자신은 결코 한마디도 하지 않는 사람이 있습니다. 그럴 때면 한 사람의 인간으로 나와 대면하기를 거부한다는 느낌이 들기도 합니다.

물론 모두 사랑스러운 젊은이들이긴 하지만 그런 팬들을 볼 때면 '나는 특별한 사람이고 유리병 속에 나를 넣어 그저 바라보기만 하는구나!'라는 생각이 들 때가 있습니다.

반대로 스스럼없이 자신의 기분을 내뱉고 도가 지나치게 친숙함을 내비침으로써 자신의 용기를 시험하고자 하는 사람도 있습니다.

어느 경우나 모두 '지금'이라는 곳에 발을 딛지 않은 상태라고 말할 수 있겠지요.

자연스러운 흐름에서 멀어졌기 때문에 나에게 실망하고 분노를 호소하는 일도 많습니다.

이런 일이 있을 때마다 나는 '저 사람은 거울 속의 자신을 보고 있었구나'라고 생각합니다.

'나를 보고 있지 않았으니 내가 상처 받을 필요는 없어'라고 말입니다.'

물론 기분이 유쾌하지는 않지만요.

만약 부자연스러운 자리에서 '나는 특별한 사람이며 나를 향해 있는 저 사람들에게 특별한 말을 건네고 감동을 주는 관계를 지속해야지'라는 올가미에 갇혀 있다면 내 인생도 정체해버리겠지요.

그런 상호 의존과 관련해 언제나 달콤한 덫은 있어왔습니다. 그럴 때마다 나는 늘 '노!'라고 말하지요. 이는 정말 중요한 문제라고 생각합니다.

또한 영적인 사람에게 모든 것을 맡기는 건 아주 잘못된 일입니다. 나도 몇 번이나 그 덫에 빠졌지만 '저 사람도 같은 인간이다!'라는 생각을 하면서 가까스로 덫에서 빠져나올 수 있었습니다.

예를 들면 나에게는 소설을 쓰는 기술이 있고, 이토 씨에게는 영어를 능수능란하게 구사하고 사람을 관리하는 재능이 있는 것과 마찬가지로, 당신의 경우도 한 인간이 가지고 있는 재능의 어느 부분을 깊이 파헤쳐 내려감으로써 위대한 힘과 이어지도록 할 뿐 인간을 초월하는 일은 아니라고 봅니다. 그러니 식물을 기르듯이 영적인 일을 하는 사람의 능력을 지지하고 소중히 키워주는 일도 치유를 받는 사람의 중요한 측면이라고 생각합니다.

당신만큼은 아니지만 나 역시 다른 사람 눈에는 보이지 않는 것을 볼 수 있는 것과 관련해 힘들었던 적이 있습니다.

내 눈에는 아무래도 나쁜 사람으로 비춰지는 사람을 주위의 모든 이들이 좋아하거나, 나에게는 무척 불편하게 다가오는 장소를 모두 즐겨 찾거나 하는…….

젊은 시절에는 '내가 이상한가?' 하며 마음을 끓이기도 했지만, 영적인 사람들과 교류하면서 대개 나와 비슷한 경험과 비슷한 감상을 품고 있다는 사실에 마음의 평온을 되찾았습니다.

같은 것을 보고 있지 않은 사람들을 만나면 '다른 세계에 살고 있구나' 생각하며 거리를 두었습니다. 아주 단순하게 생각했던 거지요.

하지만 다른 사람의 눈에 보이지 않는 것을 볼 수 있다는 게 결코 즐겁지만은 않습니다.

마치 꿈결에서 느낀 슬픔이 현실에서보다 더 슬프게 느껴지듯이, 섬세함이 강해지면 고통도 커집니다.

그렇기에 "일상 업무를 해나가며 치유를 하는 것은 거의 불가능하다"는 당신의 말에 전적으로 동감합니다.

자신을 극도로 둔감하게 만들면 아르바이트를 하면서 영성을 베풀 수 있다고 생각할지도 모르지만, 실제로 둔감해지면 영적 업무의 질이 떨어지고 맙니다. 그렇다고 모든 인간관계를 끊고 산속에 들어가 자신의 영감을 쌓는 극기 수련을 하는 것은 분명 다른 방향으로 흘러갈 것입니다. 그렇기 때문에 일상생활을 영위하면서 스스로 즐길 수 있는 범위를 아주 조금만('아주 조금'이 매우 중요한 것 같습니다. 왜냐하면 근육도 '아주 조금만' 부담을 주면 성장하잖아요. 재능도 마찬가지라고 생각합니다.) 뛰어넘어 타인을 위해 영성을 베푼다는 균형 감각을 갖는 게 최고의 이상향이 아닐까요?

그 균형도 몸 상태, 연령, 혹은 날씨 등의 변화에 따라 달라질 테니까, 그 균형을 항상 하늘과 상의하면서 살아가는 게 인간이라는 존재겠지요.

앞으로의 아이들은 오감을 소중히 여기며 인터넷 세계와 연결되어야 할 테지만, 이는 어떤 의미에서 또 하나의 차원이 출현하고 있음을 뜻하는 것 같아요. 육체와의 고리가 점점 중요해지고 있습니다.

몸으로 이어져 있으면 아이들이 새로운 차원을 유연하게 헤쳐 나갈 수 있지 않을까 하는 희망을 품어봅니다.

몸과 마음이 별개의 존재는 아니지만 몸에는 몸의 언어와 몸의 의견이 있어서 이를 믿고 귀 기울이는 일은 나에게 매우 중요한 과제입니다.

머리로 생각하고 언어로 표현하는 일을 하고 있기에 아무래도 몸
의 소리를 소홀히 여길 때가 있는 것 같아요.

무언가 생각나는 일이 있으면 답장이 아니라도 언제든지 메일 주
세요. 항상 즐거운 마음으로 기다리고 있겠습니다.

사랑을 담아, 바나나

바나나에게

격려의 말, 진심으로 감사합니다.

아무리 영적 인간으로 보이는 사람이라도, 매순간 평온해 보이는 사람이라도 격려는 꼭 필요합니다.

내가 무엇을 경험하거나 어떤 선택을 해도 당신은 나에게 비판의 목소리를 내비친 적이 단 한 번도 없습니다. 비판적인 사람은 실로 불안정하고 자신감이 없어서 주위 사람들에게 자신이 얼마나 훌륭한지, 얼마나 현명한지를 내세우는 일에만 온갖 신경을 곤두세웁니다.

내가 아프거나 어떤 장애물에 부딪히기라도 하면 따지듯 이렇게 묻는 사람들이 있습니다.

"윌리엄 씨는 영적 지도자라고 들었는데, 왜 그런 일을 당하죠?"

"이렇게 될 때까지 당신은 도대체 뭘 한 거죠?"

대개 그냥 웃어넘기지만 심지어 이런 말을 들은 적도 있습니다.

"현세에서 이렇게 심한 꼴을 당하는 걸 보니 윌리엄 씨는 전생에 정말 나쁜 짓을 많이 했나 보군요.”

몸이 많이 아플 때도 있지만 바쁘게 지내다 보면 통증에서 한 발짝 멀어집니다.

인간이나 동물이 안고 있는 문제에 몰두하면 나의 일은 잊어버리게 되어 시간이 빨리 지나갑니다. 물론 술술 풀리지 않는 날도 있고 일정을 취소하거나 다른 날로 연기하는 일도 있지만요.

장애 동물 구제 운동에 온힘을 쏟으면 나 자신을 불쌍하게 여기는 마음이 사라집니다. 가정폭력을 근절하는 단체에서 활동하는 시간은 잠시 동안이지만 나 자신의 복잡한 상황을 잊게 해줍니다.

웃음은 육체와 감정을 치유해주는 아주 강한 에너지입니다. 나는 나 자신에게도, 그리고 타인에게도 농담을 자주 건넵니다.

재미있는 추억 하나 이야기해볼까요.

순환기 계통에 심각한 문제가 있는 젊은 남성이 입원을 했습니다. 나는 그 친구 병문안을 갔고, 부인과 간호사가 눈살을 찌푸릴 만한 질펀한 농담을 했습니다.

상황이 심각해지자 부인도 간호사도 나에게 그런 농담은 그만두라고 말했지요. 하지만 나는 농담을 멈추지 않았습니다. 즐거운 시간을 보낼수록 그의 통증이 사그라졌기 때문입니다.

내가 건넨 농담은 그 청년이라면 충분히 웃고 이해할 만한 것이었습니다. 웃음 되찾기가 결과적으로 회복의 시발점이 되었던 것이지요.

현대인들은 과거에 지나치게 집착합니다. '그랬더라면 이렇게 되지 않았을 텐데'라며 지나간 일을 가정하며 후회하거나 과거 사건에 얽매여 '지금'을 놓치고 맙니다.

유명인을 부러워하고 스타에게 끌려다니는 사람은 자신의 정체성이 확고하지 않습니다. 불안정하고 스스로 생각하지 못하는 사람입니다.

나에게서 부정적인 반응을 끌어내기 위해 험담을 내뱉거나 온갖 행동을 일삼는 사람도 있습니다. 성공한 사람들에게 적개심을 갖고 있는 사람도 불안정하고 자신감이 없기 때문입니다.

누구나 자기 자신에게 책임을 다하는 일, 즉 참된 자아로 살아가는 데 책임을 다해야 하고, 또 이를 배워야 합니다. 현대를 살아가는 모든 사람들의 공통 과제는 '자신의 자유의지를 어떻게 사용할 것인가?'라는 문제를 배우는 일입니다. 또 하나의 과제를 꼽는다면 참된 자신으로 살아가는 일에 책임을 갖춘 능력을 배양하는 것입니다.

누구나 자신의 인생에서 실현할 수 있는
재능과 능력을 갖고 태어납니다.
타인과 비교하거나 누구처럼 되려고 하지 않는 게 중요합니다.
그러면 저마다 가진 목적을 실현해나갈 수 있습니다.
모든 인간은 다르니까요.

모든 일은 영혼의 성장과 균형을 위해 일어난다는 진실을 이해하지 못하고 인생에서 일어나는 사건에 대해 항상 '이렇게 된 건 다 네 탓이야!'라고 하거나 '당신 때문에 이렇게 됐다'며 누군가 혹은 무언가의 탓으로 돌리는 사람이 참 많습니다.

하지만 우리는 일어난 일에 대해, 또 그 일에 어떻게 대처하느냐에 대해 스스로 책임을 져야 한다는 사실을 배워야 합니다. 누군가의 탓으로 돌리며 도망치는 일은 이제 그만두어야 합니다.

당신과 같은 작가가 되고 싶어 하는 당신의 팬들을 종종 만나게 됩니다. 하지만 요시모토 바나나 말고는 누구도 요시모토 바나나가 될 수 없지요. 그러니 자신에게 맞는 글쓰기 스타일을 찾아보라고 조언합니다.

자신만의 스타일을 확립하는 방법을 모르니까 성공하기 위해 누군가를 따라한다고 고백하는 사람도 많습니다.

하지만 누구나 자신의 인생에서 실현할 수 있는 재능과 능력을 갖고 태어납니다. 타인과 비교하거나 누구처럼 되려고 하지 않는 게 중요합니다. 그러면 저마다 가진 목적을 실현해나갈 수 있습니다. 모든 인간은 다르니까요.

사람들과 관계를 맺을 때 개인적인 인격과 공적인 인격을 구분하는 일이 중요하다고 생각합니다.

나는 집에 팬들을 초대하지 않으며 쇼핑을 할 때도(쇼핑을 굉장히 좋아해요) 눈에 띄지 않게 주의합니다.

가끔 사람들이 알아보면 "고맙습니다"라고 마음을 전하고는 질문이나 코멘트는 사양합니다. 집 전화번호가 알려지면 "그 번호는 집 전화입니다. 개인적인 질문을 하고 싶을 때는 꼭 약속 시간을 잡아주세요"라고 말합니다.

친구가 전화를 걸어 자신의 문제에 대해 털어놓으며 영적인 조언을 구할 때가 있습니다. 그럴 때도 마찬가지로 "지금은 개인적인 시간을 보내고 있으니까 다음에 약속 시간을 잡아줘"라고 잘라 말합니다.

다만 항상 그런 건 아니고 그때그때의 직감에 따릅니다. 모든 일에 100퍼센트라는 것은 없습니다. 상황은 늘 달라지니까요.

종종 파티나 개인적인 이벤트에 유명 인사를 초대해 많은 사람들에게 자신의 인상을 좋게 각인시키고 싶어 하는 사람을 봅니다. 하지만 나는 워크숍 등 원래 예정된 이벤트 외에는 철저하게 개인적인 인격으로 살아갑니다.

따라서 업무 등 공적인 활동을 통해 알게 된 사람이 저녁식사나 파티에 초대해도 응하지 않습니다.

초대에 응했을 때, 다른 손님들에게 영적 인간으로 소개되어 저녁식사가 끝날 때까지 영적 인간으로 지내야 하는 일이 많았습니다. 사전에 파티의 성격을 알려주고 나에게 미리 양해를 구했다면 '예스' 또는 '노'를 선택할 수 있었을 테지만요.

인터넷 시대에 사는 아이들은 많은 의미에서 축복을 받았지만 동시에 제한도 받습니다. 그도 그럴 것이 인터넷을 쓸 수 없는 상태에 대처하는 기술을 배워야 하니까요.

아이들이 오감을 활용할 수 있도록 이끌어주어야 하고, 그것이 직감과 육감을 자극합니다. 아이들은 어른보다 더 몸에 귀를 쫑긋 세울 수 있습니다. 오감을 이용하면 그 능력을 역동적으로 키울 수 있지요.

어른들은 아이들이 무엇을 경험하는지, 솔직하게 마음을 열고 들어주어야 합니다. 그리고 어른들은 자신이 믿고 있는 일이나 의견을 아이들에게 강요함으로써 그 강요가 아이들의 개성이나 자신감을 억압할 수 있음을 알아야 합니다.

2,000년 동안 물고기자리 시대가 지속되다가, 서기 2000년부터 물병자리 시대가 막을 올렸습니다 (178쪽 '물병자리 시대와 물고기자리 시

대' 참고). 물고기자리 시대는 윤리와 사고의 시대였지만 물병자리 시대는 느낌과 모든 감각을 활용하는 시대입니다. 이런 변화의 적응에 많은 사람들이 힘들어하고 있습니다.

지성이나 논리를 사용할 때도 있지만 변화와 비논리적인 사고를 경험하고자 시도하는 일도 중요합니다. 많은 사람들이 좌뇌와 우뇌는 양립할 수 없다고 생각합니다. 하지만 지금은 좌뇌와 우뇌를 파트너처럼 활용하는 법을 배워야 할 때입니다.

자신이 믿고 있는 일이나 자신의 생각을 포기할 필요는 없지만, 타인의 믿음도 인정해주어야 합니다.

우리가 살고 있는 지금 이 시대는 사랑을 품고 있는 그대로 인정해주고 받아들이는 일, 억지로 바꾸려고 강요하지 않는 일, 모든 인간과 모든 사물을 존중하는 일, 영적인 윤리관을 품는 일에 집중해야 하는 시기입니다.

당신의 우정에 감사합니다.

당신의 친구, 윌리엄

서기 2000년, 우주는 물병자리 시대 The Age of Aquarius 를 맞이했습니다. 모든 것에 균형과 성장을 선사하는 에너지를 채우고 조금씩 변화가 찾아오는 시대입니다. 우리의 삶도 인생에서 일어나는 변화에 긍정적으로 대처하고 균형과 성장을 실천해나가는 게 으뜸 덕목입니다.

지난 물고기자리 시대 The Age of Pisces 에는 좌뇌를 중시한 논리적인 사고가 효과적이어서 인생을 포함한 모든 것을 논리적으로 예측하고 계획할 수 있었습니다.

하지만 지금은 다릅니다. 빛의 속도로 변화하는 시대라서 논리적으로 골똘히 생각할 여유가 없습니다. 자신의 직관과 느낌을 믿고 행동하는 게 중요합니다.

어느 쪽을 선택하는 게 '옳은지 틀린지, 이익인지 손해인지' 식의 논리적인 가치 판단은 이제 힘을 잃고, 반면에 흥미가 당기거나 직감적으로 끌리면 일단 도전해보는 시대가 시작되었습니다.

모든 것을 경험해보세요. 경험을 불러올수록 인생은 풍요로워집니다.

"이렇게 하고 싶지만 손해를 볼 수도 있으니 그만둬야지."

"마음은 내키지 않지만 이득이 되니까 해야지."

이렇게 논리적으로 생각해서 경험을 선택하면 자신의 영혼에 필요한 경험을 불러오지 못하고 결과적으로 불만과 고통이 가득 찬 인생으로 전락하고 맙니다.

물고기자리 시대에 어떤 경험을 할 것인가가 중요했다면, 물병자리 시대에는 경험을 통해 균형과 성장을 실현하는 일이 더욱 중요합니다. 우리 영혼의 최종 목표는 균형과 성장이지 돈벌이나 사회적 성공, 결혼 등이 아닙니다.

무엇을 선택하든 필요한 경험이 찾아올 뿐입니다.

한 사람 한 사람이 저마다의 인생을 통해 균형과 조화를 실현함으로써 우주도 균형과 성장을 달성해나갑니다. 그리고 우주의 균형과 성장에 헌신하는 삶은 '주는 일과 받는 일'의 법칙이 성립해 우주로부터 든든한 지지를 얻을 수 있습니다.

아울러 물병자리 시대는 긍정과 부정, 남성성과 여성성, 일과 놀이, 좌뇌와 우뇌 등 전혀 다른 에너지가 동시에 공존하는 시대이

기도 합니다. 부정적인 경험을 긍정의 계기로 삼고, 남성의 역할도 여성의 역할도 번갈아 할 수 있으며, 일도 열심히 하지만 잘 놀기도 하고, 우뇌와 좌뇌(직관과 논리)가 서로 균형을 이루며, 끊임없이 다른 에너지에 발을 담그고 살아가야 합니다.

이 시대에 참된 안정이란 돈이나 자손이 아니라 어떤 상황에서도 적극적으로 대처하고 참된 자신으로 솔직하게 살아갈 수 있다는 스스로에 대한 무한한 신뢰와 당찬 자신감임을 잊지 말아야 합니다.

새로운 인생을 만들며

직관과 느낌으로 가꿔갈 새로운 인생

윌리엄에게

멋진 편지, 정말 감사합니다.

시의 한 구절 같아서 읽는 동안 몇 번이나 훌쩍거렸답니다.

이렇게 편지를 주고받는 프로젝트도 서서히 마무리되어가고 있네요. 그렇더라도 우리의 우정은 앞으로도 변함없이 이어질 테지요.

우리가 이 세상을 떠나도 영원히 이어지겠지요.

바로 이런 사실이 큰 힘이 됩니다.

당신의 영문 편지를 옮겨준 이토 씨는 처음에 꽤 목소리를 높이며 이렇게 말했지요.

"윌리엄의 훌륭한 능력을 더 많은 사람들에게 알리고 싶습니다.

나는 사회적으로 좀 더 큰 것을 목표로 하고 있습니다."

남자라면 원대한 포부는 당연한 감정이겠지요.

그러나 지금의 이토 씨는 이렇게 속삭입니다.

"윌리엄이 행복하고, 나도 충만감을 느끼며 열심히 일하고 있으니

이해해주는 사람들의 마음속에만 머물 수 있어도 좋지요. 그리고

그들의 마음속에 무언가 남길 수 있다면 그것으로 충분히 만족합

니다."

이토 씨의 변화는 실로 크고 위대합니다.

나는 그의 변화에 솔직히 감동했습니다.

주위 사람들에게 이토록 큰 변화를 일으켰다면 당신의 삶은 진실

로 훌륭한 인생이라고 말할 수 있습니다.

이보다 큰 가르침은 없을 테니까요.

인생은 온갖 일로 가득 차 있습니다.

사고, 사별, 장애, 돈을 잃고 가족을 잃고 사랑을 잃는 일……

무슨 일이 일어날지 누구도 알 수 없습니다.

그 누구도 나 대신 삶을 보증해주지 않고 신과 계약을 할 수도 없

습니다.

하지만 당면한 문제에 어떻게 대처할지 선택할 수는 있습니다.

당신이 쌓아온 삶의 대처는 정말 훌륭합니다.

하늘은 그 모든 걸 쭉 지켜보았습니다.

나, 그리고 많은 사람들이 당신을 보고 많은 걸 배웠습니다.

정말 감사합니다, 윌리엄.

곧, 머지않은 날에, 일본에서 그리고 하와이에서 만나기를.

더 많은 사랑을 담아, 요시모토 바나나

인생은 온갖 모험의 연속입니다. 그 모험은 영적이고도 정신적인 성장으로 이어집니다.

바나나와 나는 우리의 모험과 느낌을, 그리고 인간은 누구나 인생의 경험을 두려워하지 않아도 된다는 진실을 서로 나누고 싶었습니다.

인생에서 맞닥뜨리는 어떤 모험이든 우리에게는 하나의 경험이며 우리 스스로 선택할 기회를 선사합니다.

저마다의 경험에서 어떻게 반응하고 어떻게 대처할지를 선택하는 사람은 바로 자기 자신입니다. 자신이 어떻게 받아들이느냐에 따라 좋은 경험이 될 수도 있고, 나쁜 경험이 될 수도 있지요.

이 책이 인생을 즐기고 참된 자신으로 솔직하게 살아가는 사람들에게 응원가가 되기를 간절히 바랍니다.

평화와 기쁨을 담아, 윌리엄 레이넨

이토가 전하는 말

요시모토 바나나 씨, 정말로 고맙습니다.

예전에는 정말 상상도 할 수 없었던 일들이 내 인생에서 다채롭게 펼쳐지고 있습니다.

다양한 세계를 만나면서 내 인생도, 가치관도 크게 변했습니다.

사람은 유명하거나 평범하거나 똑같은 고민과 번뇌 속에서 살아간다는 사실을 알았습니다. 그리고 저마다의 자유의지로 많은 것들이 변할 수 있음을 깨달았습니다.

화려한 길을 걷는 사람이 있는가 하면, 수수한 길을 걷는 사람도 있습니다. 어떤 길을 걸어가느냐가 중요한 게 아니라, 단지 필요한 때에 필요한 경험을 피하지 않고 당당하게 맛보면 된다는 커다란 깨달음을 얻었습니다.

반드시 화려한 길을 목표로 삼지 않아도 괜찮습니다. 저마다의 길에서 경험하는 무게감은 모두 똑같으니까요.

아울러 당신의 가르침에 감사합니다.

책 표지에 실을 사진을 찍기 위해 당신과 윌리엄이 사진 촬영을 한 적이 있지요. 그때 당신에게 이렇게 물었습니다.

"바나나 씨, 메이크업 담당자를 따로 부를까요?"

그러자 당신은 덤덤하게 "괜찮습니다"라고 대답하더군요.

당신의 대답을 듣고 무척이나 신선한 충격을 받았습니다.

사전에 윌리엄이 그렇게 말하기는 했지요.

"바나나는 분명 그럴 필요 없다고 말할 거예요."

그런데 당신에게서 괜찮다는 대답을 듣는 순간, 유명인은 자신을 포장하는 데 공을 들일 거라는 나의 고정관념이 와르르 무너졌습니다.

있는 그대로가 가장 아름답다는 큰 가르침을 얻었습니다.

당신과의 다양한 만남을 통해 많은 깨달음을 얻었습니다.

사람 위에 사람 없고 사람 아래 사람 없다는 진실, 사람은 저마다의 속도로 변화하고 있다는 사실, 이 세상에 특별한 사람은 아무도 없다는 현실, 사람은 있는 그대로 생생하게 살아가면 된다는 진리를 아주 조금은 이해할 수 있을 것 같습니다.

한 발짝 떨어져서 나라, 사회, 인간, 모든 사물을 진중하게 관찰하려고 애씁니다. 변하지 않는 사람들, 바뀔 수 없는 사람들에 대해서도 이만치 떨어져 지켜볼 뿐입니다.

언제까지 이 일을 할지는 모르지만 다양한 사람들의 철학과 에너지와 관련해 도움이 될 만한 정보를 제공하고, 그 이후의 일은 사람들에게 맡기려고 합니다. 전해져도 좋고, 전해지지 않아도 좋습니다.

당신이 이야기했듯이 예전 나의 눈은 야망으로 이글거렸습니다. 하지만 지금은 전에 없던 깨달음으로 마음이 풍요롭습니다. 조금 떨어져서 모든 사물을 관찰하고, 내 마음을 그윽하게 들여다본다는 것은 예전에는 상상도 못한 일이었습니다.

최근 몇 년 동안의 다채로운 만남이 나에게 균형과 풍요를 안겨주었습니다. 참된 행복에 나의 시선이 고정된다는 사실에 스스로 굉장히 만족하고 있습니다.

모든 분들이 선사해준 다양한 기회를 통해 나의 인생은 참으로 풍요로워졌습니다.

여러분에게 진심으로 감사합니다.

수많은 직장을 갈아치우며 인생의 마지막 날이 빨리 찾아오지 않을까 하루하루 걱정만 일삼던 나에게, 인생은 상상도 못한 곳에서 빛나며 기적은 존재한다는 진실을 일깨워준 윌리엄에게도 진심으로 고마운 마음을 전합니다.

이토 요시히코

요시모토 바나나와
윌리엄 레이넨, 그리고 이토의 대화

타인의 취향

: **바나나** 이 책을 한창 예쁘게 꾸며나갈 즈음, 윌리엄에게 상담을 받았지요. 모든 각도에서 나라는 인간을 조망해주셨는데, 그 말씀이 굉장히 강렬해서 만약 그런 조언을 듣지 못했다면 지금 이곳에 내가 없을지도 모른다는 생각이 들 정도입니다.

대부분의 이야기는 저도 알고 있던 것들이지만, 가치관이나 사고방식의 가장 심층 부분이 드러난 것처럼 충격이 강렬했어요.

하지만 같은 말이라도 다른 사람이 했다면, 윌리엄이 아닌 다른 사람에게서 들었다면 그렇게 강렬하게 느껴지진 않았을 거예요.

윌리엄처럼 '지금' 이 순간을 살아가는 사람이 아니라면 제 귀에 제대로 들리지도 않았겠지요.

당신은 타인에게 기대하지 않지요, 절대로?

'좀 부탁할게'라는 말도 절대 하지 않을 것 같아요.

얼마 전에 이런 일이 있었습니다.

어느 출판사 관계자가 지불 조건 등이 명시된 출판계약서를 들고 와 "계약서에 사인해주세요"라고 하자, 윌리엄이 "제대로 된 사인이 아직 없어서…… 저는 사인하지 않겠습니다"라고 아무렇지도 않게 말하더라고요. 그때 정말 감동이었어요.(웃음)

당신은 원래부터 그렇게 돈 욕심이 없었나요? 성공 욕심도?

: **윌리엄** (고개를 끄덕이며) 필요한 건 우주가 마련해준다고 믿습니다. 돈이 많아도 나눠 줄 겁니다.

: **바나나** 지금까지 변함없이 그런 삶을 지향해왔기에 당신의 조언이 진정성 있게 다가오는 것 같습니다. 몸이 많이 불편한데도 정말로 힘이 넘친다고나 할까요?

고통의 지배를 받지도 않고, 그렇다고 "괜찮습니다. 아무렇지도 않습니다"라면서 어설프게 큰소리치지도 않고요.

음식점에 가도 비싸다거나 고급스럽다거나 그런 겉모습은 전혀 보지 않고 '그곳에 있는 사람들이 음식으로 어떤 에너지를 먹고 있는가?' 하는 전체적인 조화만 살핍니다. 나도 그런 당신을 본받고 싶어요.

: **윌리엄** 워크숍에서도 항상 말하지만 자신의 오감을 총동원해서 느끼는 일, 그리고 그 느낌을 믿고 행동하는 게 가장 중요합니다. 바나나가 안내한 몽골 음식점도 처음 들어갔을 때 향이 참 맛있는 집이라는 걸 알았죠. 이토는 "으악!" 하고 비명을 질렀지만.(웃음)

: **이토** 으악, 정말 그 강렬한 향은…… 저는 적응이 안 되더라고요.(웃음)

: **윌리엄** 뭐 사람의 취향은 제각각이니까요.(웃음) 이토가 하와이에 왔을 때 바다에 뛰어들어 성게를 잡아왔는데, 세상에 그 성게를 날것으로 먹는 거예요. 그때 정말 '으악' 하고 깜짝 놀랐죠.(얼

굴을 살짝 찡그린다)

: 이토 전 정말 아무렇지도 않은데……. 바닷가에서 자라서 어릴 적부터 그랬거든요.

: 바나나 진짜, 사람은 다 달라요. (웃음)

: 윌리엄 그렇죠. (웃음) 바나나가 추천한 음식점은 우리의 단골 맛집이 되었어요. 바나나야말로 에너지를 느끼고 선택하는 사람이니까, 확실해요.

바나나랑 처음 만났을 때, 꽤 오래전의 일 같은데 아무튼 처음 본 순간, 있는 그대로의 자신을 솔직하게 표현하는 사람이라고 생각했어요. 자신을 좋게 보이려고 포장하려는 사람이 아니라.

그리고 인생에는 좋은 날도 있고 나쁜 날도 있죠. 그런 걸 두려워하지 않고, 있는 그대로 인정할 수 있는 사람. 나는 그런 사람을 존경합니다. 힘이 없는데 힘이 있는 것처럼 거짓으로 꾸미려 하지 않고 자신에게도, 또 타인에게도 정직한 사람.

우선 자기 자신에게 솔직하고, 그리고 타인과 솔직하게 소통하는 것, 이건 누구에게나 가장 소중한 배움이라고 생각해요.

: **바나나** 저도 지금과 반대되는 삶이 좋다고 생각한 시절이 있었어요. 항상 사사건건 상처 받았으니까요.

그렇지만 결과적으로는 모두 같다는 걸 알았죠. 당장 속여서 넘어가더라도 나중에 문제가 생겨 상처를 받는다고. 그렇다면 처음부터 솔직하게, 정직하게 사는 편이 낫다고.

그랬더니 사람들의 비난과 질투와…… 참 많은 일들이 일어났지요. 그래도 지금은 조금 나아졌어요. 나이를 먹으니까 뻔뻔해졌다고 해야 할까요?(웃음)

: **윌리엄** 난 바나나보다 50년이나 더 살았지만(웃음) 나이가 들면서 타인의 시선을 의식하지 않게 된다는 건 정말 맞는 말 같아요.

바나나와 메일을 주고받는 일은 무척 신 나는 경험이었어요. 혹시라도 재미없었다면 죄송하지만요.(웃음) 이 책을 통해 솔직한 소통에 대해 모두가 배울 수 있다면 정말 좋을 것 같아요.

메일을 나누면서 바나나한테 느꼈던 건, 항상 적극적으로 다양한 경험을 하고 그 경험에 대해 절대 화내지 않는 사람이라는 거였어요. 화가 날 만한 일이라도 있는 그대로 받아들이는 모습이 놀라웠고 무척 인상적이었습니다.

기분이 푹 가라앉을지언정 화를 내거나 분노하지는 않는 것 같아요.

: **바나나** 나 자신도 '왜 화가 나지 않을까? 화가 나면 말이 빨라질 텐데'라고 생각할 때가 있어요.

: **윌리엄** 균형이 깨져버릴 만큼 심각한 분노의 에너지가 자신을 파괴한다는 사실을 스스로 잘 알고 있으니까, 그걸 우울 모드로 바꾸는 겁니다.

: **바나나** 아하, 그렇군요.

: **윌리엄** 물론 난 그걸 알아서 화를 막 내요.(웃음)

: **바나나** 화내지 않는 건 미덕일 수도 있지만 동시에 약점이기도 해요. 내가 화를 내면 상대방도 같이 감정을 폭발시킬 텐데, 그러

면 감정의 선이 딱 끊길 때가 있으니까요.

: **윌리엄** 하지만 바나나의 경우 분노는 인생의 균형을 깨는 원인이 됩니다.

반대로 나는 균형을 이루기 위해 가끔 화를 내는 게 필요해요. 화를 내면 현실로 되돌아와 새롭게 마음을 다질 수 있어요. 바나나와 주고받은 편지에서도 밝혔듯이 코끼리를 훔쳐왔을 때처럼요.

: **바나나** 훔쳤다고요?!?!

: **윌리엄** 서커스단에서 학대받는 모습을 본 아만다가 얼굴이 벌게져서 "코끼리를 빼낼 수 있게 좀 도와줘"라고 했지요. 분노는 현실을 바꾸는 원동력이 됩니다.

: **바나나** 공소시효가 끝난 일이네요, 아주 오래전에.(웃음)

수십억의 사람, 수십억의 행복

: 바나나 윌리엄은 평소 하는 말과 삶의 모습이 다르지 않아요. 그런 면에서 정말 존경합니다. 지금까지 많은 사람들을 만났지만 말과 행동이 일치하는 사람은 거의 보지 못했거든요.

: 윌리엄 자신이 믿는 대로 살아갈 수밖에 없다고 생각해요.

: 바나나 말은 쉽지만 실제로 실천하는 사람은 많지 않아요. 삶에는 다양한 선택이 존재하지만 저도 윌리엄처럼 말과 행동이 일치하는 길을 가고 싶어요.

: 윌리엄 (몇 번이고 고개를 끄덕인다)

: 바나나 물론 일 때문에 만나는 수많은 사람들은 그때마다 그 자리에 맞게 행동하는 게 편할 때도 있지만요.

: 윌리엄 나도 그래요. 함께 있을 때는 친절하게 대하지만, 솔직하게 말해주고 끝이 나면 "안녕!" 인사하고 헤어지죠. 집에 절대 초

대하지도 않고요.

: **이토** 윌리엄은 상대가 누구든 솔직하고 분명하게 말해요. 상대
방의 지위를 고려해서 '이 사람과 친해두면 다음에 이롭겠지' 하
는 사심은 절대 없어요.

: **윌리엄** 내 솔직한 이야기를 듣고 싶지 않다면 날 만나러 오지
않으면 되겠죠.(웃음)

: **바나나** 윌리엄의 조언을 듣고 싶다면 단단히 각오하고 가지 않으
면 안 된답니다.(웃음)

저도 윌리엄이 영혼의 소리를 말할 때, 내 스스로 분명 완벽하게
해결했다고 생각했던 문제가 여전히 남아 있다는 사실을 알고 자
리에서 일어설 수 없을 정도로 충격을 받았죠. 인간이란 그런 순
간에 놓이면 정말 아무것도 할 수 없어요. 그래서 허리를 삐끗한
것처럼 뻣뻣하게 굳어 있었지요.(웃음)

하지만 영혼의 진실을 들을 수 있어서 정말 좋았어요. 그 다음 날
부터 많이 달라졌으니까요.

: **윌리엄** 이토는 나를 바꾸려고 하지 않아요. 이런 말은 하지 마라, 이런 옷을 입어라 하는 식의 강요를 하지 않지요. 그래서 쭉 함께 지내고 있긴 하지만요.

: **이토** 바꾸려고 해도 바뀌지 않으니까요.(웃음)

: **윌리엄** 서로를 억지로 바꾸려고 하지 않는 게 정신 건강에 좋아요. 인간은 한 사람 한 사람 모두가 각자 좋아하고 싫어하는 게 다르니까요.

: **이토** 그러니 남한테 사랑받거나 사랑받지 못하는 것들에 너무 마음 끓이지 않는 게 좋을 것 같아요. 나는 일을 마치고 캄캄한 방에 돌아와 혼자 있는 시간이 최고로 행복해요.

: **바나나** 우와, 진짜 솔직하네요.(하하하) 행복이란 저마다…….

: **윌리엄** 집은 나만의 공간이니까 사람들을 초대하거나 부르지 않아요. 바나나는 온 적이 있지만요.

우리 집에 강아지가 여덟 마리 있어요. 아, 원래는 아홉 마리였는
데 한 마리는 조 아키노에게 맡겼어요. 그 가운데 가장 덩치가 크
고 눈이 보이지 않는 킵은 당신을 무지 좋아하더군요. 당신 곁에
딱 붙어 앉아 그윽하게 당신을 바라보는 표정이란.
특별하게 의도하지 않아도 동물은 참다운 인생을 살아가는 사람
을 간파하는 능력이 있는 것 같아요.

있는 그대로 받아들이기

: **윌리엄** 우리는 인간이니까 기분이 푹 가라앉을 때도 있고, 신바
람 나듯 기분이 좋을 때도 있습니다. 육체가 존재하는 이상 인간
적인 반응이나 욕구가 있다는 건 당연한 일이죠. 있는 그대로 진
실하게 살아가면 됩니다. 솔직히 느끼는 대로 살 수 없다면 인간
이 아닌 다른 존재로 태어났겠지요.
어떤 경험을 해도 다 좋습니다. 중요한 것은 대응과 대처뿐입니다.
저는 기분이 꺼져갈 때는 그 자체를 즐기려고 해요. 화를 내면서
소리를 지를 때도 그런 기분을 즐기려 하고요. 슬픈 일이 있으면
슬퍼하지요. 그것도 내 인생이니까 그저 인정하고 받아들여요.

: **바나나** 여기가 아닌 다른 곳으로 가면, 혹은 영적인 세계로 빠져들면 편안해지고 뭐든지 술술 풀려서 행복해진다는 발상 자체가 살아간다는 것과는 아주 동떨어진 문제 같아요. 도피라고나 할까요.

'영적인 세계'라는 게 어딘가 목표 지점이 있어서 그 목표에 도달하면 끝이고, 최고의 만족감을 구할 수 있다고 믿는 사람이 많아요. 하지만 그게 다가 아니죠. 가령 내 가게를 차리기만 한다고 해서 모든 게 끝나진 않잖아요. 거기서부터 시작인 거지요.

소설가가 '난 소설가가 꿈인데 이제 소설가가 되었으니 목표를 이루었어'라고 생각하며 글을 쓰지 않으면 더 이상 소설가라고 말할 수 없겠죠. 쭉 지속해나가야 하는 거지요.

: **윌리엄** 최후의 골은 없어요. 그저 성장하고 끊임없이 지속해나갈 뿐. 끝이나 완성은 그 어디에도 없습니다.

: **바나나** 많은 사람들이 이렇게 하면 모든 게 해결될 거라는 생각을 지나치게 중시하는 것 같아요. '이것만 없으면, 그게 저렇게만 되면' 하는 생각에 굉장히 집착하며 사는 것 같아요. 영성을 말

하는 사람들까지도요.

어릴 적부터 치우친 가치관을 주입받아서 그런지도 모르지만, 아무튼 '이것만'이라는 가치관에서 조금만 빠져나오면 좀 더 많은 것이 보이고, 즐거워지고, 인생의 폭이 드넓어질 텐데 말이에요. 괴로움도 함께 늘어날지 모르겠지만 그만큼 인생이 풍요로워지는 것만은 분명해요.

: **윌리엄** 맞아요. 참된 자신으로 살아갈 수 있는 거죠. 바로 그런 것들이 인생을 참된 행복과 충만감, 만족감으로 채워줄 거고요.

객관적인 배려에 대해

: **바나나** 진정한 배려란 단순히 친절하게 대한다고 이룰 수 있는 건 아닌 듯해요.

윌리엄을 보고 있으면 항상 '남한테 털끝만큼도 부담을 주지 않는 사람이구나!' 하는 생각이 들어요. 정신적인 부담을 포함해 여러 의미에서요.

타인에게 선심을 베풀지도 않지만, 그렇다고 야박하게 셈을 나누지도 않아요. 그런데도 윌리엄에게서는 따스함이 느껴져요. 모든 사람들이 윌리엄 같으면 참 좋겠다는 생각을 해봅니다.

: 이토 며칠 전 워크숍에서 갑작스레 오열한 사람이 있었는데, 그때 옆에 앉은 사람이 슬그머니 손수건을 내밀었어요. 그 순간 나는 바로 저런 모습이 객관적인 배려구나 싶었지요. 만약 그 상황에서 "정말 안됐어요" 하며 같이 부둥켜안고 울었다면 두 사람 모두 무너지기만 했겠지요.

: 바나나 감정적으로 무거운 무언가를 같이 떠안았겠지요.

: 이토 (고개를 끄덕이며) 객관적으로 사람을 배려하는 건 함께 슬픔의 소용돌이 속으로 빠져드는 게 아니라 바로 저런 거구나 하고 깨달았지요.

: 윌리엄 두 사람이 이어져 있지만 같이 뭉개지지 않는 게 감정이입을 하지 않은 객관적 배려라고 생각해요.

：　**이토**　그때 두 사람 사이에는 기분 좋은, 시원한 바람이 넘나드는 적당한 거리감이 있어요.

：　**바나나**　윌리엄이 누구에게나 그렇게 거리감을 유지할 수 있는 건 '이렇게 행동하면 나에게 이익이다'라는 생각을 전혀 하지 않기 때문인 것 같아요.

：　**윌리엄**　기대하지 않는 거죠. 상대방이 이렇게 해줬으면 하거나 상대방에게 이런 것을 얻어야지 하는 기대를 애초부터 하지 않는 거죠.

：　**바나나**　'이 순간 이렇게 행동하면 나중에 이렇게 도움이 되겠다.' 아무래도 사람들은 이런 기대치를 먼저 떠올리죠.

：　**윌리엄**　꽤 오래전에 로스앤젤레스에서 강연을 한 적이 있어요. 300명쯤 모였던 것 같은데, 그 모든 사람들이 기대감으로 가득 차 있었죠.

: **바나나** 무언가 좋은 정보를 얻으려는 기대감이었겠죠.(웃음)

: **윌리엄** 그렇죠.(웃음) 그래서 단상에 올라가자마자 이렇게 말했어요.

"오늘은 딱 한마디만 전하겠습니다. 기대하지 마세요."

그러자 모두 '뭐지?' 하는 표정이 되더라고요.(하하하) 그리고는 단상에서 내려와 곧장 집으로 돌아갔죠.

: **바나나** (하하하) 우와, 댁으로 돌아갔다고요?!?! 정말 대단해요!

: **윌리엄** 물론 돈은 받을 수 없었죠(웃음). 그래도 정말 잘했다고 생각해요. 돈 때문에 하는 일이 아니기도 하지만, 만약 강연료를 받았어도 동물들에게 다 주었을 테니까요.

: **바나나** 맞아요. 저도 그런 삶을 살고 싶어요. 그러기 위해서 조금씩 가볍게 해두어야 할 것 같아요.

: **윌리엄** 그렇습니다. 서로 부담이 되지 않는 관계가 전 세계로 퍼

저 나가면…….

: **바나나** 좀 더 평화로운 세상이 찾아오겠죠. 그리고 돈을 좀 더 받을 수 있으니까 하고 기대하거나, 싫지만 돈 때문에 한다는 말도 쏙 들어갈 테고요.

: **윌리엄** 기대하지 않으면 인생은 환해져요. 모든 면에서요. 그렇잖아요. 사랑을 나누는 순간에도 기대하지 않는 편이 훨씬 좋잖아요.(진지한 웃음)

: **바나나** 어렵네요.(웃음)

: **윌리엄** 일이라고 해도 마음이 가지 않으면 하지 않아요. 단순히 돈을 벌기 위해 싫은 일을 하지 않는다면 자신을 존중할 수 있게 됩니다.

예전에 연예계 프로듀서로 지냈을 때도 배우들에게 분명히 말했었어요.

"회사에 출근하지 않아 날 만날 수 없는 날도 있습니다."

물론 그런 내 입장이 받아들여진 건 그만큼 실적이 나왔으니까 가능한 일이었겠지요.

사람들이 늘 염두에 두어야 할 과제는 누구에게도, 무엇에도, 돈에도 의존할 수 없는 어떤 상황에서든 진정으로 기댈 수 있는 곳은 자기 자신밖에 없다는 사실을 인지해야 한다는 점입니다.

：**이토** '건강을 위해 이걸 먹어야지, 먹지 말아야지' 하거나 '돈을 위해 이걸 해야지, 하지 말아야지' 하는 게 아니라 중요한 건 즐겁게 사는 거 아닐까요. 영적인 삶을 살아간다고 말하면서 모든 것을 포기하며 지나치게 금욕적으로 치닫는 것은…….

：**바나나** 결국 '욕망'의 문제네요. 무언가가 되고 싶다, 얻고 싶다, 대신 무언가를 포기한다는 식으로.

직업상 다양한 사람들을 관찰하고 살펴보는데, 그럴 때마다 떠오르는 사실은 많은 사람들이 다른 사람의 실체 혹은 리얼리티를 알지 못한 채 막연하게 동경한다는 겁니다. 대궐 같은 저택에 사는 사람은 '대가족이 단칸방에 옹기종기 모여 살면 어떨까' 하고, 반대로 단칸방에 사는 사람은 '대저택에 살면 얼마나 행복할까'라고 막연하게 생각합니다.

하지만 진실은 모두 저마다 리얼리티를 갖고 있어요. 그 실체는 돈이 있든 없든 어떤 입장에서도 변함이 없지요. 모든 걸 팔아넘길 만큼 차이가 나지도 않아요.

작가라는 직업이 저 사람의 실체는 이러할 거라고 상상하는 게 아니라 실제로 보러 갈 수 있고, 전할 수 있다는 점에서 정말로 감사히 여기고 있어요. 만약 제가 딱 하나의 리얼리티에 갇혀 있어야 한다면 일을 할 수 없을 테니까요.

: **이토** 그래서 바나나 씨는 이게 좋다, 나쁘다 혹은 이쪽이 위다, 아래다 하는 식의 잣대를 들이대지 않는 거군요. 단지 있는 그대로 전할 뿐.

: **바나나** 하지만 나 자신이 어떤 리얼리티를 좋아하고 어떤 것을 취할지는 명확하게 마음속에 품고 있어요.

엄격한 채식주의자라도, 반대로 산해진미를 즐기는 미식가라도 실제로 만나 이야기를 나눠보면 의외로 '충치 때문에 고생하는 건 매한가지!'라는 아주 사소한 깨달음을 얻을 때가 있어요. 그러면 이렇게만 되면 행복해진다는 식의 환상이 없어지고 대신 지금 내가 갖고 있는 것의 소중함을 깨닫게 되지요. 가족도 그렇고요.

만약 가족이 없다면 그 순간 또 다른 걸 소중하다고 느끼겠지요. 아무튼 지금 내가 갖고 있는 걸 소중히 여기고 감사하게 생각하자는 마음은 늘 품고 있습니다.

이토 저도 많은 경험을 하다 보니 좋고 나쁨이 없어졌어요. 진실로 자신만의 리얼리티를 살 수밖에 없어요. 돈이 있거나 유명인이라는 게 반드시 좋은 것만은 아니더라고요. 환상이 없어졌어요. 바나나 씨를 보면 정말로 리얼하고 평범하게 살아가는 모습에 감동해요.

바나나 환상이란 누군가가 심어주는 것 같아요. 텔레비전이나 세상에서. 역시 하루하루를 열심히 살아가는 사람이 최고죠. 어느 세계나.

무엇을 어떻게 해도 나는 이 정도의 폭에서 살고 있다는 걸 저마다 알 수 있을 테지요. 어느 날 갑자기 내가 아랍의 갑부가 되지는 않을 테니까요.(웃음) 그 폭과 내가 무엇을 좋아하고 무엇을 취할지 제대로 알고 있으면 그 밖의 것들은 필요 없어요. 자신의 폭과 내가 좋아하는 게 무엇인지 제대로 알지 못하는 게 가장 슬픈 일이 아닐까요?

극한상황을 견딘다는 것

: **윌리엄** 동일본 대지진은 일본인들에게 통합, 즉 커뮤니티를 선사한 것 같습니다. 통합은 정말 가치 있는 일이지만 여기에서 확실하게 해두어야 할 부분이 일본인뿐 아니라 모든 사람이 통합해야 한다는 사실입니다. 우리는 모두 하나입니다. 지구에 사는 한 가족이지요.

나라마다 가치가 있어서 어느 쪽이 더 중요하다고 말할 수는 없어요.

전 세계를 둘러보면 온갖 재해는 끝나지 않았어요. 왜냐하면 지구는 살아 있으니까요. 우리에게는 재해지만 지구로서는 어떤 의미에서 근육을 움직여 스트레칭을 하는 것일 수도 있지요. 성장을 위해서 말이에요.

지난 대지진으로 일본인은 이웃에 살고 있는 사람들을 알게 되고

다른 사람들에게도 관심을 기울여야 한다는 사실을 배운 것 같
아요.

: **바나나** 네, 맞습니다.

: **윌리엄** 자연이 인간에게 복수를 했다거나 혹은 인간이 천벌을
받았다는 식으로 대지진을 생각해서는 안 될 것 같아요. 모두 좀
더 성장을 배우는 기회라고 생각합니다.

후쿠시마 방사능 누출 사고도 그래요. 새로운 에너지나 방법에
열린 자세를 가져야 한다는 것, 우리가 진지하게 생각할 수 있는
기회를 얻었다는 점에서 반드시 나쁜 일이라고 단정 지어서는 안
되겠지요.

'정치가는 나쁘다', '당신들 탓이다'라고 떠들면 사람들의 분노만
한데 모일 뿐입니다.

'저 사람의 행동은 맘에 들지 않아. 동의하지 않지만 그들이 그렇
게 할 권리는 사랑해'라고 말하는 쪽이 낫다고 생각합니다.

: **이토** 정말 상상도 못했던 일이 일어나자 모두 마음의 안식처를

필요로 했던 것 같아요. 트위터와 블로그에 실린 "오늘은 슈퍼마켓에서 물건을 사왔습니다"라는 바나나 씨의 글을 보고 '아, 평소와 다름없이 지내는구나. 나도 담담하게 지내야지' 하는 용기를 얻었어요.

정말 영향력 있는 분들의 용기와 책임 있는 행동이 절실했던 것 같습니다.

: **윌리엄** 바나나가 아무렇지도 않게 평소처럼 생활하는 모습을 보고 용기를 얻은 사람이 참 많았을 겁니다. '이제 3월 11일은 지나갔다. 새로운 생활을 일구자'라는 격려의 메시지가 되었겠지요.

영성을 말하는 사람들을 포함해 많은 사람들이 일본 밖으로 피난을 가는 가운데, 바나나는 도쿄에 남아 있었다는 사실도 굉장히 의미가 있었어요.

: **바나나** 전 굉장히 현실적인 사람이에요. 그래서 모든 걸 현실에서 찾지요. 만약 제가 후쿠시마에 살았다면 가족과 함께 이동했을 거예요.

: **윌리엄** 물론이죠! 하지만 아르헨티나로 날아가진 않았겠죠?

: **바나나** 아마 나가노나 홋카이도로 날아갔겠죠.(웃음) 그건 냉철하게 판단했다고 생각해요. 그 시점에서 어떤 정보를 보더라도 도쿄 사람들이 이동할 필요는 없다고 느꼈으니까요. 다만 가장 알 수 없었던 부분은 후쿠시마 방사능 누출 사고였어요. 하지만 최초 사흘 동안 대피하지 않으면 매한가지라고 판단해서 도쿄에 남아 있기로 했던 거고요.

그래도 방사능 누출 상황에서는 정부에서 좀 더 빨리 알려주었어야 했어요. 만약 알았다면 일주일 동안은 도쿄에서 멀리 떨어져 있었을지도 몰라요.

부랴부랴 짐을 싸서 해외로 떠난 사람들에게 나쁜 감정을 갖는 건 아니지만, '당신들에게 도쿄에 산다는 것은 어떤 의미인가요?'라는 질문을 던지고 싶었어요.

현실적으로 정보를 꼼꼼히 살피면서 어떻게 행동할지를 결정했습니다. 정수기를 사고, 마룻바닥을 열심히 닦고, 대충 사태가 수습되고 나서는 정원에 있는 풀을 베고, 처음 3주 동안은 마스크를 쓰고 다녔어요. 그러고는 더 이상 제가 할 수 있는 일이 없었어요. 그래서 더 이상 아무것도 생각해서는 안 된다고 판단했습니다. 괜스레 앞날을 고민할 필요도 없고요.

: **윌리엄** 맞습니다, 맞아요. 사람들이 저한테 "일본에 가지 마세요. 가지 마세요" 하면서 다들 이번 방문을 만류했어요. 하지만 하와이에 있어도, 로스앤젤레스에 있어도, 어디에 있어도 마찬가지예요.
그리고 지금 도쿄에서 이렇게 즐겁게 지내고 있잖아요. 거리가 예전처럼 밝진 않지만.

: **바나나** 그래도 하와이보다 환하지 않나요?(웃음)

: **윌리엄** 그렇죠, 그렇죠. 이 모든 것도 하나의 경험이라는 사실을 잊어서는 안 됩니다. 나와 내 가족을 돌보는 일이 이런 경험에 적극적으로 대처하는 방법이라고 생각해요.

: **바나나** 아마 윌리엄도 그럴 거라고 생각하지만, 전 어릴 때부터 항상 극한상황에서 살아가는 면이 있었어요. 전쟁이나 재해로 세

계 어딘가에서 많은 사람들이 죽어가는 모습을 뉴스로 접하면, 정말 그런 사건 사고가 생생하게 살아 있어서 바로 옆에서 일이 펼쳐지는 것만 같았어요. 하지만 그런 느낌을 다른 사람들에게 이해시킬 수는 없었어요. 내 인생은 하루하루가 공포영화를 보는 것 같았지요.

이번 대지진으로 수많은 사람들이 떠난 일은 굉장히 충격적이고도 더할 나위 없이 슬프고 괴로운 일이지만, 어떤 의미에서는 늘 극한상황을 느끼며 살아왔기에 현재 상황이 평소와 비슷하다는 느낌도 있었습니다.

윌리엄 온갖 경험을 두루 겪은 인생은 무슨 일이 일어나도 어떻게 대처하면 좋을지 그 생각만 합니다. 그러니 바나나는 침착하게 '그럼 먼지를 닦아내자, 지금 돋아난 풀을 뽑자'며 현실적인 대처를 할 수 있었던 거지요.

하와이에는 며칠 동안 전기가 끊기고 단수가 될 때가 있어요. 그럴 때마다 강아지들은 어떤 식물을 먹어요. 자세히 보니까 수분이 가득 들어 있는 식물이었어요. 그래서 인간도 그 식물을 먹을 수 있게 되는 거죠.

: **바나나** 동물은 정말 대단한 존재 같아요.

: **윌리엄** 살면서 모진 경험을 해온 사람은 힘든 일이 생겨도 당황하지 않고 해결책을 찾아갑니다. 반대로 경험이 부족한 사람은 도전 상황에 맞닥뜨리면 어떻게 행동해야 할지 전혀 감도 못 잡고 넋 놓고 앉아 있게 되지요.

: **바나나** 대지진은 정말 무섭고 견디기 힘들 정도의 공포감을 조성합니다. 그렇다고 규슈로 피난을 간다고 완벽하게 안전한가 하면 그렇지도 않은 것 같아요.

: **윌리엄** 나도 워싱턴에서 하와이로 거처를 옮겼을 때 주위 사람들이 "활화산이 있는데 괜찮겠어? 폭발하면 어쩌려고?" 하는 걱정을 많이 했어요. 화산 폭발은 과거에도 있었고 미래에도 있겠지요.

어디에 있으나 마찬가지예요. 어디에 있든 자신에게 필요한 경험에서 도망칠 수는 없어요. 어떻게 대처하느냐 하는 것밖에 없지요. 앞으로는 부자가 될 거다, 유명 인사가 될 거다, 이러이러한 사람과 결혼할 거다 하며 논리적으로 생각해서 계획하고 죽기 살기로 목표점을 향해 달려가더라도 자신이 기대한 파라다이스가 펼쳐지지는 않을 겁니다.

앞으로 다가오는 시대를 행복하게 보내려면 우주의 흐름에 맡기고, 자신의 직관이나 느낌을 믿으며, 자기 자신에게 적당하다고 느끼는 바를 선택해야 합니다.

대지진 후 에너지가 무거워졌다고 느끼는 사람이 많은데, 그런 느낌은 2100년까지 이어질 거예요.

: **바나나** 지진이 일어나기 전에 젤리코가 떠났지요. 강아지를 잃은 상실감 때문에 아무 일도 없었다는 듯이 지내기는 힘들었어요. 그래서인지 대지진으로 패닉 상태에 빠지진 않았던 것 같아요. 그런데 도쿄 사람들이 휘발유나 물 때문에 난리를 치는 건 좀 너무했다 싶었어요. 솔직히 대지진으로 아수라장이 된 지역도 아니고, 실제 생활 속에서 느끼는 피해는 그렇게 크지 않았거든요. 물론 공감은 중요하고 인간에게 무엇보다 구원이 된다고 생각하지만, 모든 사람들이 마치 그 자리에 있었던 것처럼 과도하게 행동하는 건 바람직하지 않다고 생각했어요.

: **윌리엄** 그렇습니다. 사람들이 이번 일을 계기로 이웃에 누가 사는지 서로 알기 시작하고, 서로에게 좀 더 마음을 써야 한다는 사실을 배우기 시작했다는 건 뜻 깊은 일이라고 봐요.

친구가 되지 않아도 좋아요. 하지만 자신이 사는 아파트에 나이 많은 노인이 산다는 걸 알고 있다면 무슨 일이 생겼을 때 "괜찮으세요? 먹을 거라도 갖다 드릴까요?" 하며 인사를 나눌 수 있지 않을까요?

: **이토** 우리 아파트에서도 지진이 있었던 날, 주민들이 쉼터에 모여 이야기를 나누거나 서로서로 용기를 주었지요. 20년 동안 살면서 처음 있는 일이었어요. 그 뒤로는 복도에서 마주치면 서로 인사를 하거나 "별일 없으세요?" 하며 이야기를 주고받는 사이가 되었지요.

: **윌리엄** 앞으로는 돈이 중심이 아닙니다. 이번 일로 많은 사람들이 제아무리 재산을 축적해도 아무 의미가 없다는 사실을 배웠을 거예요.

이제 화폐 시대는 갔어요. 얼마나 마음 편하게, 자연스럽게 살아가느냐 하는 것뿐입니다. 이 새로운 시대는 직감과 느낌이 전부라고 생각합니다.

: **바나나** 정말 그런 것 같아요. 대지진 후 모두가 하루하루를 소중히 여기게 된 것 같아요. 이 순간을 소중히 여기며 살아가는 게 우리가 가장 중시해야 할 일이라는 걸 새삼 뼈저리게 실감했습니다. 그동안 우리가 잊고 있었던 것이죠.

윌리엄 레이넨이 활동하는 자선단체와 응원하는 자선단체

활동하는 자선단체

- 유니버설 라이프 얼라이언스 The Universal Life Alliance

  http://www.tula501c3.com/

- 말라말라마 K9 Malamalama K9

  http://www.malamalamak9.com/

응원하는 주요 자선단체

- 제시의 플레이스 Jessie's Place

  http://www.jimmiehalemission.com/

- 애리조나 동물보호연합&동물학대방지협회
  Arizona Animal Welfare League & SPCA

  http://www.aawl.org/

- 국제 NGO – 월드 비전 재팬

  http://www.worldvision.jp/

- NPO 법인 – 개와 고양이를 위한 라이프보트

  http://www.lifeboatjapan.org/

달콤한 바나나의
힐링 레터

"혹시 바나나 좋아하니?"

"그럼. 바나나 맛있잖아. 난 바나나우유도 무지 좋아하는걸."

"아니, 먹는 바나나 말고. 일본 소설가, 요시모토 바나나!"

"……."

"지금은 하루키가 더 유명하지만 조만간 '바나나 신드롬'이 한국에도 몰려올 걸. 평범한 일상어를 구사하면서도 뭔가 빛이 나. 반짝반짝 빛나는 금빛……."

요시모토 바나나와 나의 인연은 그렇게 시작되었습니다.

대학 시절 내가 일본어 교재를 붙잡고 씨름할 때, 일본어로 된 소

설책을 우아하게 손에 쥐고 바나나 예찬론을 펼쳤던 '절친' 덕분에 나는 난생처음 바나나라는 달콤한 이름의 작가를 알게 되었습니다.

대학을 졸업하고 20년 가까이 출판계에 몸담고 있으면서 나는 친구의 예언을 두 눈으로 직접 확인할 수 있었습니다. 활발한 작품 활동과 화려한 수상 경력을 쌓으며 21세기 일본 문학을 이끌어가는 대표 작가로 한국뿐 아니라 전 세계에 수많은 열혈 팬을 갖고 있는 요시모토 바나나!

그리고 드디어 지은이와 옮긴이의 관계로 이렇게 해후하는 날을 맞이하게 되었고요.

고백컨대, 이 책을 처음 접했을 때는 '요시모토 바나나'에 온통 내 시선이 고정되었습니다. 그도 그럴 것이 바나나는 이미 세계적인 작가로 우뚝 서 있었을 뿐 아니라 20년 전에 겪었던 '바나나 트라우마(?)'가 머릿속에 남아 있었기 때문이지요.

하지만 책장을 한 페이지, 두 페이지 넘기면서 첫 번째 편지, 두 번째 편지로 나아가는 동안 바나나와 교감을 나누는 윌리엄에게

로 관심의 무게중심이 조금씩 움직였습니다.

서로 주거니 받거니 하는 교환 편지에서 진한 공감과 함께 '진정한 교감이란 바로 이런 것이구나!' 하며 소통의 참맛을 맛볼 수 있었고, 벌거벗은 바나나를 보듬어주는 윌리엄의 인자한 미소가 내 마음속에 잔잔하게 퍼져갔습니다.

나아가 바나나와 윌리엄의 교감은 또 다른 세계로 나를 이끌어주었습니다. 바로 '외면의 나와 내면의 나, 어제의 나와 오늘의 나'가 서로 이야기를 나누며 깊은 교감과 소통을 꾀하고 있는 나 자신을 발견한 것이지요.

이 책에는 다채로운 주제, 다양한 에피소드가 등장합니다. 자연, 영성, 반려동물, 입양, 진실한 삶, 진정한 성공, 참된 행복, 자녀교육…….

그런 연유에서 이 책은 읽는 이의 입맛에 따라 영성 에세이로, 자기계발서로, 유기동물 이야기로, 자녀교육서로 아주 다양하게 읽힐 수 있습니다. 하나의 관점이나 하나의 주제에 얽매이지 않는다는 것이 바로 이 책의 가장 큰 매력이기도 하고요.

실제로 옮긴이이기 이전에 첫 번째 독자로 책을 읽는 내내, 나는 편안함을 맛보았습니다.

뭔가 거창한 담론을 생각하기 이전에 한 줄 한 줄 고개를 끄덕이며 공감하는 동안 마음의 평온을 얻었다고나 할까요?

요컨대 이 책은 나에게 달콤한 '힐링 레터'로 다가왔습니다. 바나나의 담백한 글맛에 취하고 윌리엄의 영험한 목소리에 귀 기울이는 동안 어느새 숲길을 거니는 듯, 몸과 마음이 편안해졌으니까요.

아무쪼록 바나나와 윌리엄이 선사하는 힐링 레터가 여러분의 땀과 눈물을 한 방울이라도 닦아줄 수 있기를, 그럴 수 있기를 간절히 바랍니다.

금빛 태양과 은빛 장맛비 사이에서, 미소 번역가 황소연

KI신서 5067

인생을 만들다

1판 1쇄 발행 2013년 8월 30일
1판 3쇄 발행 2013년 9월 30일

지은이 요시모토 바나나 · 윌리엄 레이넌 **옮긴이** 황소연
펴낸이 김영곤 **펴낸곳** (주)북이십일 21세기북스
부사장 임병주 **이사** 간자와 타카히로
해외사업본부장 김상수 **해외콘텐츠개발팀** 이현정 백은혜
해외기획팀 김영희 송효진 **콘텐츠제휴사업팀** 송근우 임동렬
디자인 표지 윤영선 **본문** 윤영선 전지선
마케팅영업본부장 이희영 **영업** 이경희 정경원 정병철
광고제휴 김현섭 강서영 **프로모션** 민안기 오하나 최혜령 이은혜 유선화
출판등록 2000년 5월 6일 제10-1965호
주소 (우413-120) 경기도 파주시 회동길 201(문발동)
대표전화 031-955-2100 **팩스** 031-955-2151 **이메일** book21@book21.co.kr
홈페이지 www.book21.com **블로그** b.book21.com
트위터 @21cbook **페이스북** facebook.com/21cbooks

ISBN 978-89-509-5008-8 03830
책값은 뒤표지에 있습니다.